O QUE CABE EM UM ABRAÇO

J.J. Camargo

O QUE CABE EM UM ABRAÇO

Texto de acordo com a nova ortografia.

As crônicas deste livro foram publicadas originalmente no jornal *Zero Hora*

Capa: Ivan Pinheiro Machado. *Ilustração*: iStock
Preparação: Marianne Scholze
Revisão: Lia Cremonese

CIP-Brasil. Catalogação na publicação
Sindicato Nacional dos Editores de Livros, RJ

C182q

Camargo, J.J., 1946-
    O que cabe em um abraço / J.J. Camargo. – 1. ed. – Porto Alegre, RS: L&PM, 2016.
    216 p. ; 21 cm.

    ISBN 978-85-254-3443-2

    1. Crônica brasileira. I. Título.

16-35716   CDD: 869.8
                     CDU: 821.134.3(81)-8

© J.J. Camargo, 2016

Todos os direitos desta edição reservados a L&PM Editores
Rua Comendador Coruja, 314, loja 9 – Floresta – 90.220-180
Porto Alegre – RS – Brasil / Fone: 51.3225.5777 – Fax: 51.3221.5380

Pedidos & Depto. comercial: vendas@lpm.com.br
Fale conosco: info@lpm.com.br
www.lpm.com.br

Impresso no Brasil
Primavera de 2016

*Aos meus filhos, Fábio e Camilla,
por representarem a aposta natural de que a vida,
vivida no limite, se justificaria.*

*Aos meus netos, João Pedro e José Eduardo,
pela prorrogação do prazo, com nova chance de
tentar fazer tudo mais e melhor.*

Sumário

Introdução 11
O dilema de amadurecer 13
Bondade à espera de uma chance..............16
A barganha impossível................................19
A bengala divina..22
A algazarra dos urubus...............................25
A roda que gira 28
Direito à fantasia...31
O imprevisto é delator do que somos 34
A solidão é uma parede de muitos tijolos 37
A esperança que nos resta 40
Quando é difícil ser original 43
Euforia penalizada......................................46
O endereço da tristeza 49
Mudanças e consequências 52
A morte da autoestima 55
Assédio moral: essa praga..........................58
Hora de acordar!..61
Os filhos que adotamos 64
Um homem bom 67
O escasso tempo do perdão 70

A noção de morte digna 73
Retaguarda de afeto 76
O que não cabe no currículo 79
Resgate dos afetos 82
O que cabe em um abraço 85
O último reduto 88
Ser feliz é previsível? 91
Os limites do ódio 94
Um delator em construção 97
A reconciliação 100
Os que se deviam amar 103
Tristeza não tem fim... 106
Uma questão de caráter 109
Vamos dançar? 112
Acertando as contas, sem pressa 115
Assim fica difícil 118
O risco de ser Charlie 120
A construção do país 122
Sensibilidade intuitiva 125
O longo caminho da civilidade 128
O peso da decisão 131
O que plantamos 134
Nada além de esperar 137
O clube da boa intenção 140
Um pedido de misericórdia 143
Depois do fim, o legado 146
O fascínio da diversidade 149
Quando o direito é de todos 152
O que perdemos sem saber 155
Há um tempo de chorar 158

O terrorismo silencioso da burocracia 160
Os que têm a força 163
Para isso fomos feitos 166
Saber escolher 169
O pior da inveja 172
Pérolas portuguesas 174
Coragem para decidir 177
Quando o imponderável assume o comando 179
O que ainda falta perder? 183
Felicidade em fatias 186
Elas vieram para ficar 189
A distância que nos separa 192
Os erros que cometemos 195
Juízo e perdão 198
Quando a solidariedade se basta 201
Nada é para sempre 204
Saudade de não ter medo 207
Um tipo esquisito 210

Sobre o autor 213

Introdução

A densidade emocional do cotidiano, felizmente, é variável – porque, se fosse constante, para mais ou para menos, enlouqueceríamos. De angústia ou de tédio.

A doença, como símbolo da ameaça à nossa imortalidade fantasiosa, é um pico de emoção na vida de qualquer um, mesmo àquele maduro e bem resolvido, capaz de anunciar com aparente serenidade que o que tiver de ser, será.

O médico, por participar desses momentos extremados, tem a oportunidade inigualável de conhecer profundamente aquelas criaturas com as quais conviveu por períodos marcados não necessariamente pela extensão, mas pela intensidade.

Como ninguém tem ânimo nem paciência para dissimulações quando se sente realmente ameaçado, os pacientes representam todos os modelos humanos, implacavelmente autenticados pelo sofrimento.

Não por acaso os médicos mais velhos, ao longo da história, sempre foram venerados como conselheiros experientes, enriquecidos pela sabedoria de quem compartilhou sentimentos exacerbados. A doença, como se sabe bem, é uma abstração da realidade – e assim, abstrata e solitária, está apenas nos registros hospitalares e nos laudos frios das tomografias e dos exames anatomopatológicos. Para os pacientes, a expressão da doença é o sofrimento e, seguramente, não existem duas pessoas que, diante de uma situação patológica idêntica, sofram de igual maneira. O jeito de cada um enfrentar, resistir, protestar, superar, se deprimir ou morrer é absolutamente original.

Esse comportamento único e peculiar dos enfermos é que faz da medicina a mais fascinante das profissões, desde que o médico se disponha a mergulhar na intimidade do drama emocional de quem lhe bata à porta pedindo socorro.

Um livro de crônicas centrado no exercício da medicina não é um manual de sofrimento, não pode ser. É antes uma mistura densa dos nossos sentimentos mais reveladores de quem de fato somos. Como ninguém tem chance de se preparar para sofrer, é também um festival de improvisações, em que se misturam dignidade, covardia, coragem, hipocrisia, sinceridade, desprendimento, resiliência, pureza, doçura, fingimento e afeto, nesta grande salada de gestos e atitudes a que chamamos natureza humana.

Este livro não tem a pretensão da autoajuda, nem fantasia ensinar alguém a viver melhor. Ele tem, sim, a esperança de despertar nos leitores a percepção do quanto é egoísta o nosso modelo de convívio com as necessidades dos outros. Essa consciência nos tornará pessoas socialmente mais solidárias e eticamente mais generosas.

Afinal, como ensinou Kant, a moralidade não é a doutrina de como fazer para ser feliz. É antes a doutrina de o que você deve fazer para merecer a felicidade.

O dilema de amadurecer

A doença entristece as pessoas. Também por isso ela parece mais chocante na infância, época em que não há nada mais incompreensível e fora do lugar do que a tristeza.

Ver aqueles carequinhas reunidos na sala de brinquedos sem entusiasmo algum, quase mudos, é uma experiência de moer o ventrículo mais empedernido.

Se não bastasse o sofrimento físico da dor, frequentemente há uma história de abandono que nunca sabemos se é provocada pela dispersão do carinho na luta pela sobrevivência ou se multiplicada pela pobreza. O que sobra é carência de afeto em cada gesto, em cada pedido silencioso de socorro.

Quando era residente, despertei a simpatia de um alemãozinho, com o olho que doía de tão azul, que passou a me perseguir pelo hospital inteiro e resistia agarrado à minha perna quando pressentia que eu estava indo embora. Hoje sei que o que fiz era condenável e espero que não haja pena retroativa para aquilo: um dia, acabei levando-o para minha casa no final da tarde e, ao vê-lo ser banhado, saciado na sua fome ancestral e vestido para dormir com o pijama do meu filho pequeno, tive a certeza de que tinha feito a melhor coisa daquela fase já distante da minha vida.

Agora, provavelmente, não repetiria a façanha, e justificaria dizendo que fiquei mais maduro. O problema está na dificuldade de assegurar que essa evolução significou ter mudado para melhor. Nem quero pensar nisso, mas eu sei a resposta.

Anos depois, ao receber a solicitação de uma consulta interdisciplinar, constava na ficha o nome do paciente, Horácio, o setor de oncologia e uma surpresa na idade: nove anos. Foi sucinto quando lhe perguntei, intuindo a resposta:

– Por que Horácio?

– Vontade do meu avô!

Aparentemente, dele também herdara a sobriedade e o jeito de se vestir. Sentado à minha frente, com os bracinhos cruzados, um paletozinho desbotado que começava a faltar nas mangas, uma inquietude nervosa nas pernas e o cabelo loiro rarefeito pela quimioterapia, era um convite a ser abraçado, mas resisti. Tinha ficado mais maduro, lembram?

Depois da cirurgia, ele ainda recebeu mais duas doses dos medicamentos e passou o Natal internado, mas com uma carinha já mais animada, contrastando com a apatia dos seus parceiros de sina e de dor.

Nos festejos natalinos, havia uma mesa repleta de brinquedos trazidos pelos anjos anônimos da Liga Feminina de Combate ao Câncer e um bando de magrinhos impacientes, sendo selecionados por sorteio, para escolher livremente o seu presente.

A chamada prosseguiu, e eu não conseguia despegar do olhinho luminoso do Horácio cada vez que um coleguinha se aproximava da mesa para a seleção. Quando já restavam poucos brinquedos, ele foi finalmente chamado. Caminhou resoluto, afastou uns carrinhos de plástico, agarrou o único livro que havia na oferta, colocou *O menino do dedo verde* embaixo do braço do paletó de mangas curtas e, eufórico, com o lábio superior tremendo, caminhou na minha direção:

– Bah, tio, tu não imaginas o quanto torci pra que ninguém gostasse de ler como eu!

O bracinho desocupado enganchou-se a mim e nos abraçamos. E choramos.

Seja lá o que isso signifique, sempre haverá tempo para amadurecer no futuro!

Bondade à espera de uma chance

Quando surge uma oportunidade concreta, percebe-se que muita gente está disposta a ajudar e só não tomou iniciativa antes por inércia ou falta de motivação, focado que sempre esteve na monotonia do seu cotidiano, com o próprio umbigo como epicentro da sua vidinha modesta. No extremo oposto estão os possuídos pelo prazer de fazer o bem, que criam ONGs, organizam grupos de apoio e são voluntários congênitos, energizados pela força da solidariedade.

Não se pode desistir do primeiro grupo, absolutamente majoritário e sempre silencioso, porque nele se acomoda muita gente genuinamente boa, à espera inconsciente de algum gesto ou circunstância que dispare o seu gatilho de bondade insuspeitada.

Esta história conta o despertar coletivo de um bando de desconhecidos, agrupados por uma situação fortuita e inesperada. O grupo de transplante de fígado de Recife recebeu a informação de uma doação numa cidade distante. As características do doador eram totalmente compatíveis com as do candidato mais grave, naquele momento internado na UTI, em condição dramática. Uma hora depois, o cirurgião encarregado da captação ligou do aeroporto, desanimado: o voo que partiria em 45 minutos estava lotado e, se não bastasse, onze passageiros potenciais compunham um time ansioso por alguma desistência.

Cláudio Lacerda, coordenador deste programa, que é um tipo que não se submete quando a vida diz não, ficou irritado:

– Não aceite, proteste, vá para o balcão, comova as comissárias, mas não sossegue enquanto não o colocarem sentado nesse maldito avião!

De volta ao balcão, onde já se formava uma fila ruidosa, nosso jovem cirurgião recomeçou:

– Moça, me escute, por favor. Se eu não conseguir chegar lá a tempo, uma pessoa que precisa de um fígado novo vai morrer, sem uma segunda chance.

– Eu entendi, meu doutor, e sinto muito, mas não posso fazer nada porque, além de todos os bilhetes terem sido vendidos, ainda tem esta fila que o senhor está vendo...

E foi então que o tal gatilho da bondade disparou – o primeiro da fila de espera anunciou:

– Eu cedo meu lugar!

O segundo, encarado pela comissária, resmungou:

– Eu também!

E então chegou a vez do terceiro, e justo ele era aquele líder, indispensável nestas circunstâncias em que os indecisos precisam ser atropelados:

– Bom, pessoal, vocês ouviram a história do doutor, então vamos resolver isso AGORA: alguém aqui NÃO cede?

Eliminada a concorrência da lista de espera, a comissária chamou o doutor e pediu:

– O senhor está muito estressado, não terminou o tempo do check-in e vinte passageiros com passagens confirmadas ainda não se apresentaram. Suba, tome um café e volte em quinze minutos. Prometo que vou fazer o possível para conseguir o seu lugar.

Esgotado o prazo, descendo a escada rolante, ele percebeu que havia um alvoroço no balcão da companhia. Pelo sorriso das comissárias, não precisou perguntar: alguém, sensibilizado, priorizara a vida que dependia daquele transplante. Começava a agradecer quando a funcionária mais jovem o interrompeu:

– Não diga nada, eu sei como é que vocês trabalham. Meu pai foi transplantado lá!

Se a bondade não fosse tão silenciosa, teria a badalação de um holocausto.

A BARGANHA IMPOSSÍVEL

O Genaro chegou da Itália num navio cargueiro, com pouca roupa e documentação incompleta. Quando aportou em Santos, não tinha ainda definido seu destino final. A solidão que lhe apertava o peito durante a noite era a senha da liberdade para decidir o que quisesse depois que nascia o sol. Quis ver como era o trabalho no porto, dando um tempo enquanto deliberava. O soldo mal cobria o hotelzinho vagabundo que ficava logo depois da esquina e não bastasse, no terceiro dia, foi assaltado.

A imagem da faca apontada para seu estômago não lhe permitiu dormir e assim, no dia seguinte, desembarcou em São Paulo, de onde partiu uma semana depois, atordoado com o ruído das ruas que lhe recordava a Nápoles que abandonara como único sobrevivente de uma família de quatro irmãos, destroçada pela Segunda Guerra. Dormiu em Lages, perambulou pela serra gaúcha e tomou uma decisão: alugou um quartinho numa pensão em Porto Alegre, onde pretendia trabalhar algum tempo para conseguir dinheiro para o traslado a Buenos Aires – que, ficara sabendo, era a maior colônia italiana na América Latina àquela época.

Quando o conheci, cinquenta anos depois, ele ainda estava por aqui. A permanência não tinha nada a ver com falta de dinheiro: ele se tornara um dos homens mais ricos do Estado. Resumia tudo assim:

– Gostei daqui logo na chegada e, depois do primeiro pôr do sol, tive certeza da dificuldade que seria ir embora.

Não foi. Criou uma grande empresa, onde a família numerosa trabalhava. No fim da tarde, todos se reuniam na grande mansão debruçada sobre o Guaíba. Com o protótipo de felicidade acabado, o Genaro adoeceu. Fumante inveterado, negou a enfermidade até o limite do possível e, quando se consultou, já tinha emagrecido dez quilos. Em raros pacientes encontrei a coragem que ele revelou ao discutir com absoluta naturalidade o fim da vida, extemporâneo e injusto.

Num final de tarde, enquanto conversávamos na enorme varanda de frente para o rio, chegou um jovem funcionário da empresa e estacionou sua moto na lateral de uma rampa curva com piso de pedra bruta, de onde se acessava a casa pelos fundos. Entregou-lhe uns papéis para assinar e, antes de sair, deu-lhe um beijo na testa e comunicou:

– Seu Valter disse que o senhor gostaria de saber que as ações da empresa deram um salto de três pontos.

Dito isso, desceu a rampa fagueiro e, antes de completar a curva, saltou sobre o corrimão, caindo em pé ao lado da moto.

O Genaro, de olhos marejados, cheio de dor por metástases na coluna e pendurado num cateter de oxigênio, me confessou:

– Daria tudo o que construí na vida por esse salto. E esse não tem nada a ver com a Bolsa!

Dei-lhe a mão e ficamos assim, em silêncio, na companhia consoladora de um pôr do sol que nunca se repete.

A bengala divina

O sentimento de purificação que toma conta das pessoas de alguma maneira estimuladas a inventariar o que fizeram se repete a cada final de ano – e se traduz no aumento de mortes violentas, crises de depressão e taxas de suicídio. Deflagrado o processo de depuração ordenado pelo calendário, a rotina é sempre a mesma: identificam-se os maiores erros e fracassos e, em seguida, buscam-se os culpados, que invariavelmente são os outros.

Nem a paliação mercantilista do Natal consegue amordaçar o protesto interior pelo pouco que fizemos e o contraste humilhante com o muito que poderíamos ter feito. É quase comovente observar as mesmas pessoas que durante o ano inteiro foram incapazes de ajudar alguém agora de mãos dadas a entoar cânticos de solidariedade e a pedir ajuda a um Deus que, imagino, deve dobrar-se de rir. Ou não é cômico ver alguém que passou o ano improvisando desculpas para não trabalhar vestir-se de branco e empanturrar-se de lentilha para ter ventura no ano novo?

Atribuir sorte aos que conseguem alguma coisa é a maneira mais simplista de justificar o desencanto dos que não conseguem nada. A nossa formação religiosa, de dependência divina, contribuiu em muito para o modelo que não pode prescindir de ajuda externa para alcançar o que quer que seja. E muito poucos têm perspicácia para perceber que essa pseudonecessidade foi solertemente produzida por uma casta poderosa que comandou o mundo por séculos e séculos, fazendo-nos acreditar em promessas de céu e castigos de inferno. E, para não deixar dúvida de quem comandava quem, ainda impunha aos crentes que confessassem seus pecados.

Por esse modelo singelo, o que conquistamos é generosidade divina, e o que perdemos é punição por termos sido menos submissos, convenientemente ignorando que céu e inferno são construídos e desfrutados enquanto vivemos para serem curtidos ou penitenciados aqui mesmo, sem exigência de senhas para um hipotético Juízo Final.

Todo mundo quer ser feliz, mas tem dificuldade de aceitar com naturalidade que determinadas conquistas têm pré-requisitos que envolvem estudo, sacrifício, treinamento e determinação. Quanto mais educado o indivíduo, menos propenso estará a crer em ajudas celestiais para se impor no mundo dos que constroem a vida que merecem pelo suor que derramaram. Sem desprezar a sorte, que virá se tiver que vir, mas certamente sem esperar que Deus lhe dê, como simples prova de afeto recíproco, o que não fez por merecer. Fora dessa lógica se enquadram todos os devotos por necessidade e os pregadores por conveniência.

Mas como a solidão é a doença do século, e sempre há quem acredite em milagres, os intermediários de fé duvidosa vão prosperando às custas da ingenuidade dos incautos, para os quais nunca é valorizada a importância de fazer, confiando sempre na suficiência de acreditar.

Sei que nunca serei convocado, mas, se tivesse de redigir um desses sermões, eu diria que a meritocracia precisa ser entendida assim: o que se ganha na colheita é sempre proporcional a quanto foi empenhado na plantação. Não precisamos professar uma religião para descobrir que o esforço para fazer a diferença na vida das pessoas eliminará o espaço para a inveja, a picuinha e o supérfluo, e estenderá o tapete para esta entidade protetora que tantos chamam de Deus.

Assim entendidos, poderemos ser felizes ou não no ano que se inicia, mas teremos feito a nossa parte. Então, que venha o novo ano. E com a força que quiser!

A algazarra dos urubus

Quando atravessei a sala de espera do consultório de um colega obstetra, uma jovem com gravidez visível soluçava como se houvesse recebido a notícia de uma tragédia. Mas por que estaria chorando num local de notícias habitualmente boas? E, se alguma coisa saíra errado, não fazia muito sentido estar desacompanhada num momento tão difícil. Voltei.

Com soluço reprimido, ela contou-me que se preparava para ter o primeiro filho. A avaliação do sexto mês mostrara que tudo estava perfeitamente bem, o desenvolvimento de um feto normal era tranquilizador. Mas, entao, por que o choro? Acontece que, naquelas duas horas em que estivera na clínica, conversara com quatro outras pacientes, todas com pelo menos dois partos no currículo, e ouvira delas as histórias mais escabrosas. Não ocorridas com elas mesmas – porque, sabe como é, a gente teve muita sorte! –, mas que tinham escutado nos corredores dos hospitais e da vida.

Se considerarmos que aquele parto não podia mais ser evitado, pelo contrário, era um projeto de vida esperado com ansiedade e que cada vez mais a expectativa de um parto normal se aproximava de 100%, o que movia as pessoas ao exercício dessa crueldade gratuita? Infelizmente, a maldade tem um grande número de adeptos, que por alguma razão preferem se agrupar no Facebook, esse verdadeiro zoológico das reações humanas mais primitivas, compartilhadas com erros de português e nenhum indício de afeto ou de respeito à privacidade.

Se tiveres interesse por análise comportamental, depois de teres feito uma colonoscopia como check-up (mesmo assintomático, se tens mais de cinquenta anos e ainda não fizeste, faz!), descobres um pólipo, que parecia inocente desde o início, o que acabou se confirmando no exame anatomopatológico.

Ou, se quiseres ser mais provocativo, por conta de uma dor no peito desencadeada por um exercício mais intenso, descobres um estreitamento de uma coronária e te submete à colocação de um dispositivo que impedirá o infarto. Tudo por cateterismo e com alta no dia seguinte.

Em qualquer das duas circunstâncias, volta a trabalhar imediatamente, até porque não há razão para ficares em casa, mas não deixes de prestar atenção ao comportamento das pessoas. Os que realmente gostam de ti se acercarão, com a ansiedade de saber como de fato estás estampada na cara. Os menos afeitos à amizade farão de conta que não ficaram sabendo, mas comentarão com estranhos que estão arrasados com o infortúnio que te acometeu. E os desafetos assumidos, se tivessem coragem, criariam grupos de secação no WhatsApp. Não tendo, miram teu suposto precipício com aparente sofreguidão e falsa generosidade, ignorando que o exercício contínuo da maldade acaba fazendo com o que o precipício um dia pisque para eles também, como já advertiu Nietzsche.

De qualquer maneira, perceberás que os boletins dos teus médicos, tão otimistas, não eram confiáveis. E que nunca saberias o quanto de fato estiveste mal sem uma passagem pelos escaninhos do Facebook. E descobrirás, então, que só estás vivo por muita sorte!

A RODA QUE GIRA

É difícil entender o que leva alguns a considerar que nossa vida deva ser sempre um modelo interessante e original, quando na verdade vivemos sob o tacão do passado com raras oportunidades de sermos de fato criativos. E, para quem valoriza o sossego, é melhor que seja assim, pois qualquer sinalização de novidade já provoca uma compreensível reação, às vezes francamente destemperada, dos que seguem a cartilha relaxante da mediocridade e não toleram comparações pretensamente humilhantes.

Então, se assumirmos que somos meros copiadores dos modelos disponíveis, sem arroubos de genialidade desgastante, é importante que atentemos para os exemplos que passamos aos nossos filhos – que, por afeto, proximidade e descendência, são os nossos plagiadores naturais e instintivos.

Pode ser que o modelo de afeto que dispensas ao teus pais não seja suficiente para sensibilizar teus filhos quanto ao cuidado desvelado dos avós, mas não tenhas dúvida de que esse modelo será ressuscitado no futuro, quando tocar a eles decidirem que apreço merecerás na velhice. E não há nada de espetacular em tal comportamento. É só a roda da vida, que também não se preocupa em ser original.

Fiquei com pena quando visitei a dona Carolina, com 82 anos, boa saúde, alojada num cubículo improvisado numa extensão da garagem, com um ventilador pequeno e insuficiente no canto da parede, uma TV de tubo com imagem em chuvisco e uma amostra escassa de céu espremida entre um muro alto e um varal de roupas ao vento. Na estante, uma Bíblia de capa de couro marrom, *Contos fluminenses*, de Machado de Assis, um livro de palavras cruzadas sem capa e uma cestinha com incontáveis prendedores de cabelo. De plástico barato.

A nora, que pedira a visita, advertira que a dita alegava uma dor no tórax, mas que não levava muita fé nessa queixa porque ela tinha um raio x de tórax do ano anterior que estava normal. Além disso, já não andava mais dizendo coisa com coisa.

– De qualquer maneira, é melhor ter certeza de que não tenha nada grave, ainda que estejamos preparados. Porque, nesta idade... o que esperar? É a roda da vida, e ninguém vive para sempre, não é, doutor?

– Pois é.

O exame físico foi normal, e ela nem lembrava de queixa alguma, mas queria mesmo era conversar – e como conversamos. Com uma memória prodigiosa e um senso de humor apurado, foi uma entrevista para não esquecer. Com espírito leve e debochado, não guardava mágoa e só lamentava que todas as suas amigas preferidas já tivessem morrido e a pouca paciência que tinha de conquistar novas entre essas velhas estranhas que gostavam de *Big Brother*.

Se pudesse fazer um pedido, seria o de trocar a velha TV sem imagem por um rádio. Se era para curtir só o som, que fosse sem o maldito chiado. Mas prometera que essa seria uma negociação para o próximo Natal. Se houvesse.

Quando saí, a nora quis saber o que achara da velha insuportável e ficou visivelmente chateada quando confessei que me apaixonara pela vozinha doce e bem-humorada. E descarregou a irritação no filhote, de uns doze anos, que brincava na terra do jardim:

– Carlos Eduardo, já pra dentro! Não espere eu te pegar pelas orelhas, entendido?

– Não enche, tá! – foi a resposta.

Bati o portão convencido de que aquela roda estava começando a girar. À distância, até fiquei com a impressão de ter ouvido um rangido.

Direito à fantasia

Poder estar presente onde estivessem ocorrendo as coisas mais importantes da história é uma de minhas fantasias mais antigas. Essa ideia se tornou mais recorrente com o passar dos anos, somada à tendência quase incontrolável de inventariar o que fizemos. Um sinal inequívoco de velhice. Saudável, mas, ainda assim, velhice.

Sempre me seduziu o protagonismo dos movimentos sociais que mudaram o curso das civilizações. Ainda que essas mudanças frequentemente fizessem parte de um processo, o que as tornava quase previsíveis, muitas delas foram desencadeadas por algum evento impactante que as precipitou. Esse era o momento a ser testemunhado, não importando que parecesse um plágio histórico do *Forrest Gump*.

De qualquer maneira, é deslumbrante imaginar-se em Paris no dia da queda da Bastilha, assim como em Berlim quando o Muro veio abaixo. Lembro que estava em casa, vendo TV com algum enfaro, naquele 9 de novembro de 89 quando começaram a noticiar que as pessoas estavam cruzando o muro de um lado a outro, e alguns, debochadamente, cavalgavam-no sob o olhar perplexo de uns poucos soldados, que nada podiam fazer para impedir a rebelião. A menos que, enlouquecidos, decidissem metralhar a avalanche e morrer soterrados por ela.

Em *Eternidade por um fio*, terceiro volume da trilogia *O século*, Ken Follett descreve magistralmente o sentimento das famílias alemãs partidas ao meio durante quase trinta anos por um regime que já nasceu autoritário e, inexplicavelmente, seduziu pessoas aparentemente inteligentes pelo mundo afora, que nunca se questionavam por que tantos arriscavam a vida para viver do lado oposto do muro.

Com a mãe Rússia transformada em madrasta, porque com a baixa do petróleo acabaram os subsídios, as repúblicas satélites foram comunicadas por Gorbachev de que a partir daquele momento cada país devia resolver seus conflitos internos.

Dali em diante, cresceram as pressões para que os alemães orientais pudessem sair do paraíso comunista, como já podiam fazer os húngaros depois que a cerca elétrica que os separava da Áustria ruíra, e a porteira ficou aberta no imaginário dos escravizados. Nada teria o significado da queda para o regime na Alemanha, onde aqueles 156 quilômetros de muro marcavam a divisão de duas ideologias opostas.

Estabeleceu-se, então, um clima de inigualável comoção em Berlim, numa mistura de medo, incerteza e excitação.

Se fosse possível, aquela era a hora de parar o tempo para dar chance de serem organizadas excursões no mundo inteiro com os interessados em viver, in loco, o momento mais intenso do século XX. E então, com ingressos esgotados e todos a postos, começaria o espetáculo. No meio daquela noite fria de quinta-feira, no meio de uma cidade mágica, no meio da Europa.

Imaginem a maravilha de acompanhar, de camarote, o máximo da emoção que ocorreu quando os alemães orientais se acercaram dos portões, gritando resolutos: "Deixem passar, deixem passar!", e então titubearam, percebendo vinte metralhadoras apontadas para eles. O instante de indefinição foi quebrado por encanto com o rumor que cresceu como um tsunami vindo do lado ocidental: "Venham! Venham!". E eles foram, num raro momento em que uma multidão torturada durante décadas é capaz de reconhecer, instantaneamente, quando a submissão e a morte têm o mesmo significado.

Por sorte eu estava naquela tarde ensolarada de Tóquio quando o Renato aparou na direita e bateu de esquerda no contrapé do goleiro do Hamburgo, mas queria muito ter estado na noite gelada de Berlim, seis anos depois.

O IMPREVISTO É DELATOR DO QUE SOMOS

Como nunca encontrei alguém com menos de sessenta anos conformado com o que é, sinto-me autorizado a supor que todos estão insatisfeitos com a vida que conquistaram e, se pudessem, a mudariam.

Feita a constatação, começam os problemas: dá muito trabalho mudar. Então, por inércia, preguiça, perda de motivação ou simples cansaço antecipado pela energia que teriam de desprender, desistem. Mas a conformidade não significa paz de espírito. Pelo contrário, alimenta uma cascata de sentimentos inferiores – como despeito, fragmentação da autoestima, amargura e, invariavelmente, inveja dos que conseguiram. Como o instinto de preservação sempre prevalece, não sobra outra alternativa que não a da falsa aparência.

O faz de conta se generalizou de tal maneira que a descoberta de como de fato somos tornou-se uma tarefa impossível.

Alguns estudos comportamentais, focados em situações específicas, mostraram achados curiosos e bizarros. Quando colocados em situações primitivas, como fome, por exemplo, é inacreditável a atitude de pessoas diferenciadas: deem um farto prato de comida a um intelectual faminto – e a certeza de que ele está sozinho – e terão o mais requintado modelo do homem das cavernas, sem constrangimento de comer com as mãos e mastigar com a boca aberta. Transfira o mesmo elemento para um ambiente sofisticado e instantaneamente reencontrará nele a fidalguia do gesto quase feminino de limpar o canto da boca com a pontinha do guardanapo de linho impecável.

Todos concordam que essa nobreza de comportamento não se improvisa, e são necessários anos e gerações de diferenciação social para que se incorporem a ponto de se tornarem automáticos e espontâneos. Não sendo possível acelerar o processo e inserir atalhos, a maioria das pessoas se esforça em fazer parecer que é melhor do que de fato consegue ser.

O encanto da virtude ensaiada pode persistir por muitos anos, mas, especialmente nas figuras públicas, estará sempre ameaçado de ruir se alguma circunstância imprevista sacudir-lhe as bases a ponto de libertar o primata mantido amordaçado pela hipocrisia. Como seria de se prever, o desmascaramento, quando ocorre, é muito traumático – e a reação de fúria dos envolvidos é completamente compreensível.

Foi o que se viu nos episódios recentes com o ex--presidente. Aquele vídeo da deputada em primeiro plano, com voz baixa, descrevendo a serenidade com que seu líder falava com a presidente, foi emblemático. Enquanto ele berrava os maiores impropérios, desnudando-se, ela, generosa e lúcida, tentava vender a imagem que todos os seus partidários considerariam adequada a uma figura pública do significado político do ex-presidente. Superada a fase da negação, porque o que se disse está gravado e não se pode borrar, restou a estratégia deprimente de criticar os meios de obtenção dos diálogos, como se fosse possível ignorar a gravidade das acusações contra todos os poderes do Estado brasileiro.

E assim reprisamos Fernando Collor, que, depois de afastado do poder, foi julgado inocente pelo Supremo, visto que as provas tinham sido obtidas sem autorização judicial. Confiando na falta de memória do povo, ele segue alardeando até hoje a sua bizarra inocência, como se não tivessem importância alguma os absurdos contidos nos autos.

A repetição da história mostra que, tristemente, não avançamos.

A SOLIDÃO É UMA PAREDE DE MUITOS TIJOLOS

O que durante muitos anos não passou de uma impressão, dessas que alimentam a chamada sabedoria popular, foi cientificamente consagrado em uma pesquisa científica recente, chancelada pela Universidade de Harvard: a qualidade das relações sociais é que define a chance real de alguém envelhecer feliz. Muito mais do que os níveis de colesterol ou o controle rigoroso do perímetro abdominal.

E a construção de relações afetivas sólidas ou não começa inexoravelmente no menor dos nossos universos: a família. O que levamos para aplicação nas rodas sociais externas tem a marca do afeto edificado a domicílio. Por isso é tão suspeita a atitude dos que só se revelam solícitos e generosos com estranhos.

Seu Raymundo era um desses tipos ranzinzas com os seus e de alguma influência política na comunidade. A gentileza externa, descobriu-se depois, era apenas uma fachada para facilitar seu acesso ao poder. Filho de um pai que herdara e pulverizara uma grande fortuna, cresceu com um sentimento de revolta contra os que haviam comprado o espólio da família. As pessoas mais próximas comentavam que ele parecia ter feito um pacto consigo mesmo para resgatar o patrimônio perdido, custasse o que custasse. Quando o conheci, tinha 78 anos e era muito mais rico do que qualquer ancestral jamais havia sido. A cara enfarruscada antecipava que nada do que conquistara tinha afrouxado as amarras da amargura. Nunca consegui vê-lo sorrir. Temi que tivesse desaprendido, se é que alguma vez soube. Depois de um tempo, me acostumei com ele assim porque, afinal, nada mesmo do que ele dizia ou argumentava tinha a menor graça.

Houve uma grande dificuldade para contatar algum familiar quando precisamos que alguém assinasse o consentimento informado para os procedimentos invasivos, indispensáveis na avaliação da operabilidade do seu tumor de pulmão. Ficou claro que ele produzira uma prole de superocupados, sem tempo a perder, pelo menos não com ele. O Euclides, um negro velho com uma catarata visível e um ar resignado, era a figura que mais se aproximava da ideia de família. Dormia sentado numa poltrona sempre postada atrás do ângulo de visão do seu chefe, mas atento a qualquer gesto ou ruído. Na noite anterior à cirurgia, o paciente fez um pedido típico dos solitários:

– As informações referentes à minha doença devem ser repassadas exclusivamente a mim, pelo menos enquanto eu estiver vivo!

Dada a minha dificuldade de comunicação com os mortos, aquilo me pareceu bem razoável.

Por meio do Euclides soube que a ausência de qualquer membro da família no dia da operação se explicava por uma viagem programada havia meses e que no dia anterior levara para a França todos os filhos, que lá se encontrariam com a mãe para a comemoração dos setenta anos dela. Pelo jeito a ausência dele naquela festa não representaria um trauma insuperável para os viajantes. A parede que os separava tinha muitos tijolos. Na última conversa pré-operatória, ainda escorreu um resíduo de rancor reprimido:

– Traga todos os papéis de autorização de que precisar para completar o seu serviço. Faça o que tem de ser feito, e preste contas somente a mim!

Do alto da sua prepotência, nenhum indício de medo ou de afeto, só rigidez e solidão – essa combinação que, de tão maligna, diminui o impacto do anúncio de um câncer, diluindo-o no caldeirão do abandono, onde até a morte desejada se justifica.

A esperança que nos resta

Ter esperança é acreditar no possível. Ela difere da fé, que é cega, e do delírio, que é utópico. A afeição, em parte, e o amor, completamente, podem contaminar a esperança, tornando-a fantasiosa e às vezes francamente ridícula. Se não fosse assim, como explicar a complacência com que projetamos mudanças de atitude nos nossos amados, ignorando que as reações que abominamos são traços de caráter, que não se modificam só porque tínhamos esperança de que sim, mas ainda pioram com a idade?

Quantas vezes anunciamos projetos mirabolantes, embalados por corações generosos, e ficamos ali na torcida insensata de que se realizem? Expectativa igualmente irracional ocorre todos os dias na relação afetiva com nossos amores, agravada pela extrapolação dos limites do razoável se os envolvidos na fantasia forem nossos filhos. A multiplicação descarada da esperança é tão frequente que acaba adquirindo ares de normalidade quando descrevemos, com doses generosas de desejo e faz de conta, as proezas das nossas crias.

Usando como gancho o título do meu último livro, Lara Ely e Jessica Weber, jornalistas de *Zero Hora*, em uma seção chamada *Com a Palavra*, entrevistaram umas quinze pessoas nas ruas da cidade, perguntando-lhes: "Do que você precisa para ser feliz?". As respostas, plenas de esperança, foram de uma simplicidade comovente, revelando o quão pouco nos basta para a sonhada felicidade. Ninguém idealizou ganhar na loteria, mas vários pediram saúde, que no resto eles davam um jeito. Houve quem pedisse que o patrão valorizasse seu trabalho, e outro, batendo às portas da felicidade, assumiu que só lhe faltava que a negra velha não lhe enchesse tanto o saco.

Uma paciente minha, com um câncer avançado, estava lá para ganhar um autógrafo e assistiu ao vídeo. No dia seguinte, me segredou:

– Eu queria muito ter a simplicidade daquelas pessoas. Agora sei que estou morrendo e me culpo por ter perguntado o que não queria ouvir. O médico que fez meu diagnóstico, respondendo a uma pergunta minha, disse simplesmente que eu devia me preparar para o pior. Ele achou que eu queria saber a verdade, e eu só lhe perguntei para que ele negasse. E nem posso me queixar, porque fui eu quem lhe deu a chance de enterrar a minha esperança!

O médico deve ser um adido da esperança, não só porque precisa preservá-la para bloquear o acesso da depressão que comprometeria o resultado de seu trabalho, mas também porque, com alguma frequência, ela é tudo o que se pode oferecer.

É difícil precisar os limites dessa recomendação, mas, em princípio, na doença grave, sempre que a realidade sobrepuja a esperança, a aspereza da verdade pura arranca pedaços que o consolo não consegue repor.

Quando, por um realismo preciosista, o médico abdica da esperança, abre a porta para o abandono e a solidão. Só a esperança pode preservar o sorriso de quem está cercado pelos indícios de tragédia. Só a esperança evita o desespero depois da suspeita de que o resgate não chegará a tempo.

Quem tem esperança pode não viver mais, mas viverá melhor consigo mesmo o que lhe restar viver, e essa já é uma razão mais do que suficiente para conservá-la intacta.

Quando é difícil ser original

Se todos sabemos que é inevitável, por que ela nunca parece natural?

Se reconhecemos a dolorosa proximidade, por que a dissimulação? Por que os nossos amados não aceitam conversar sobre despedida mesmo quando ela se anuncia tão evidente? E qual a razão para nossos conhecidos, ao saberem da nossa desventura, se comportarem como se fôssemos invisíveis?

Na primeira consulta do Alceu, o Cândido veio junto. Eram tão parecidos que os supus irmãos, mas eram só colegas de trabalho, desses que de tão próximos se fazem parentes. Mesmo emprego há 27 anos, mesmo time e paixão política, eram siameses por circunstância e afeto. Ao questionar o Alceu se ele fumava, o Cândido resumiu:

– Nós acendemos o cigarro um do outro.

Quando tossiram juntos, evitei comentar que até nisso se copiavam. Mas aí aparentemente terminavam as semelhanças. O Alceu era mimado, carente e tinha uma família que o amparava, e o Cândido, um solitário, mais por iniciativa que por desamor.

Usei o vínculo afetivo dos dois para fazer chegar à família a gravidade da situação do Alceu, portador de um tumor avançado com sintomas negligenciados havia meses.

Impressionou-me desde o início a curiosidade do Cândido em saber detalhes da doença do amigo, tempo de evolução, limitações e desfecho. Apesar do carinho da família, ninguém rivalizava com o amigo em proteção e desvelo. Quando se aproximou o fim, toda a família no quarto, um dos filhos queridos perguntou ao pai o que sentia. Com os olhos semicerrados ele respondeu:

– De vez em quando um pouco de frio, mais nada.

Foi então que o netinho de seis anos disse:

– Se quiser eu durmo contigo, vô. A mãe disse que eu sou muito quentinho!

Houve uma debandada geral. Ninguém resistiu à contundência de afeto de que só as crianças são capazes. Encontrei o Cândido aos prantos no jardim. Ficamos abraçados um tempo, e ele lamentou:

– Vai ser uma grande pena não o ter por perto quando chegar a hora da minha morte.

Tentei interromper o pranto dizendo que não valia a pena antecipar o sofrimento, que nem temos ideia de quando virá, e que, até por instinto protetor, é razoável que nos comportemos como se soubéssemos que poderia nunca vir. Ele, então, surpreendeu:

– Acontece que estou numa situação idêntica. Só não me consultei contigo porque não queria desviar o foco do meu amigo, que é uma pessoa muito mais frágil. Tentei conversar com meus filhos, mas eles são muito ocupados. Mas não estou reclamando, sempre me virei sozinho.

Só queria contar com o doutor na hora de comprar esses remédios que precisam de receita. Por favor, não me considere um egoísta, mas agora mesmo estava aqui chorando de pena de mim, porque a única pessoa de quem eu realmente sentirei falta vai morrer antes de mim!

Impressionante que duas pessoas tão identificadas em gostos e sentimentos, tão irmanadas em exigências e afetos, tenham comportamentos tão divergentes na única etapa dessa passagem que não podemos evitar. Lembrei dessa dupla ao assistir *Truman*, o mais recente e maravilhoso filme de Ricardo Darín, em que numa certa altura ele diz: "Cada um morre do seu jeito". Uma ironia que o único momento da vida em que somos obrigados a ser originais seja justo quando ela termina.

Euforia penalizada

Não sei se ocorre com todo mundo, mas eu tenho, sem lembrança de ter mandado instalar, um detector de euforia excessiva. É um tipo sutil de alarme que desperta quando, por qualquer conquista, surge algum indício de soberba. Aos olhos dos outros, claro, porque a nós o reconhecimento sempre parecerá justo, merecido e, com alguma boa vontade, atrasado.

Aceitaria com a maior conformidade o papel de um GPS moral, que sinalizasse quando exageramos na dose da alegria, mas esse sensor é mais cruel, porque pune sem advertência prévia e deixa sempre a sensação de culpa, que se arrasta como uma punição a se perpetuar na convivência com o fracasso punitivo.

E nem precisa ser mais paranoico do que a média para perceber que o sistema é caprichoso e implacável: não me lembro de comemoração ou homenagem que não tenha sido empanada pela percepção clara de alguma situação em que eu poderia ter feito mais ou melhor. É presumível que quem trabalha com alta complexidade, sem margem para qualquer tipo de erro, estará mais exposto a essas intempéries, mas a desdita precisava ocorrer sempre entre a data do anúncio e o dia da homenagem?

Há alguns anos, numa iniciativa do meu amado e saudoso Salimen Jr., do *Jornal do Comércio*, recebi a comunicação de que fora selecionado para receber o troféu Destaque em Ciência no RS daquele ano. Na manhã do auspicioso dia, visitava a Lila, uma fofa carinhosa e sorridente que se recuperava entusiasmada de um bem-sucedido transplante de pulmão esquerdo por enfisema. Quando anunciei os cuidados que deveria ter assim que saísse da UTI, ela me interrompeu:

– Isso tudo a dra. Beatriz, que é meu anjo da guarda, já me alertou. Agora, vem cá e me abraça, porque daqui a pouco te chamam, tu sais correndo, e eu fico sem!

Depois do abraço, do nada, a Lila teve uma hemorragia incontrolável e morreu. A broncoscopia post-mortem revelou que uma extensa necrose desfizera o implante do brônquio, comunicando-o com a artéria pulmonar.

O longo trajeto entre a Santa Casa e a Fiergs pareceu curto para escorrer e secar as lágrimas. Cheguei em cima da hora. Os homenageados estavam alinhados no palco para a entrega das comendas. Encerrados os discursos, nos dispersamos. Ao descer do palco, fui interpelado por uma repórter, linda e que ria não sei do quê:

– Doutor, uma palavra, por favor. O senhor é um orgulho para nós, gaúchos. Qual é o seu sentimento diante do reconhecimento do Estado pela sua magnífica trajetória de vida?

– Eu trocaria todos os troféus passados, presentes e futuros pelo brônquio cicatrizado da Lila!

– Ok. Muito obrigado... Vamos agora ouvir... Por favor, professor, professor!

Voltei pensando na última advertência da Lila e que agora nunca mais voltaria a abraçá-la. Esse era o único sentimento no dia da homenagem. Exagerada homenagem.

O endereço da tristeza

Na época em que a Maria Emília foi operada, ela trabalhava num salão de beleza havia mais de vinte anos. Soube depois que tinha sido demitida quando a nova gerente, em nome da revisão de custos, atualização de metas e planejamento estratégico, essas expressões meio abstratas que os empresários usam para se livrar de empregados com mais de cinquenta anos, entregou-lhe o aviso prévio. Meio perdida, pensou em montar seu próprio salão, imaginando o apoio de clientes antigos, mas foi surpreendida por um convite desafiador: trabalhar numa funerária como embelezadora de cadáveres. E então se realizou.

No nosso reencontro, esbanjando saúde e entusiasmo contou-me da tarefa insólita de transformar uma face de dor, desespero ou medo em alegria, ou pelo menos serenidade.

Confessou-me que, às vezes, pressionada a devolver rapidamente o corpo, não conseguia o efeito planejado e se frustrava, mas em outras tantas varava noites insones para ser compensada por um rosto tão natural e amistoso que a estimulava a dialogar com o cadáver, sem cogitar que pudesse estar enlouquecendo. Muitos artistas, como se sabe, com graus variados de excentricidade, bateram longos papos com suas obras acabadas.

O nome desse sentimento? Realização pessoal.

Em 2004, num congresso no Algarve, visitei uma aldeia de pescadores portugueses perto do hotel e conheci o João Maria, o decano da vila. Com olhos foscos por uma catarata visível e a pele enrugada pelos oitenta anos de exposição ao sol, ele era a simpatia materializada no convívio com uma penca de netos que o adoravam e a legião de turistas que se acercava para ouvi-lo contar o trabalho que dava construir artesanalmente a isca perfeita. E com a boca sorridente, mas o olhar desfocado, se deixava fotografar.

Nosso primeiro contato tinha sido superficial, a conversa entrecortada e ruidosa deixara a sensação de desperdício. Voltei cedo no dia seguinte. Ele já estava sentado no seu trono, um banco de madeira lustrada dentro de um barco velho, abandonado na beira da praia. A empatia, esse sentimento que ninguém explica, foi instantânea. Conversamos muito antes que começassem a chegar os primeiros chatos avulsos e, ao me despedir, sabendo que eu voltaria pro Brasil no dia seguinte, presenteou-me com um conjunto completo de iscas, uma tralha enorme. Nesse momento fui salvo por um dos netos que, percebendo meu apuro, disse:

– Vô, sinto muito, mas o doutor não é pescador e nós não podemos abrir mão de uma das suas iscas mais perfeitas!

Com o olho mareado, um terço chateado pelo presente interrompido, mas dois terços encantado pela importância que os netos ainda lhe davam, me disse:

– Desculpe, doutor, mas estes miúdos não me largam de mão. Nem sei o que será deles quando me for!

Chamou então a filha, que montava uma tenda perto dali, para que ao menos me servisse um suco. Soube por ela então que há muito os netos aderiram à pesca industrial, mas ninguém tinha coragem de contar ao avô da inutilidade das suas iscas. Segredou-me também que a cara sorridente ou amarrada do pai era o jeito de ela saber o quanto tinha sido perfeito, ou não, o seu trabalho irretocável e inútil.

Aprendi com o João Maria, um velho pescador analfabeto, que a tristeza mora naqueles espaços vazios que ficam entre as coisas feitas pela metade.

Mudanças e consequências

As mudanças de comportamento social se processam lenta e, no mais das vezes, imperceptivelmente. E quase sempre as consequências da mudança não são inicialmente dimensionáveis.

Quando começaram as demandas judiciais contra médicos e hospitais nos Estados Unidos, há cerca de trinta anos, tudo era visto como um adequado exercício da cidadania e, portanto, a vitória de um direito que significava desenvolvimento social. Por não parecer politicamente correto, ninguém se arriscava a delatar objetivos escusos como, por exemplo, o interesse das seguradoras em criar um ambiente profissional tão adverso e temerário que nenhum médico se arriscasse a trabalhar sem seguro profissional.

Se alguém denunciasse que jornalistas ligados à imprensa daquela cor eram pagos pelas seguradoras para manter o denuncismo ativo, era imediatamente acusado de corporativismo, e ninguém se interessava em investigar o quanto havia de verdade, posto que as razões do protesto eram, ao juízo apressado, evidentes.

A medicina americana havia décadas já era a melhor do mundo, de modo que ninguém poderá em sã consciência atribuir a excelência alcançada a esse mecanismo purificador. O tempo se encarregou de revelar danos colaterais imprevistos de um processo que, aparentemente, devia beneficiar a sociedade como um todo.

A primeira consequência foi o aumento estratosférico do custo do serviço médico, encarecido pela prática da medicina defensiva, em nome da qual são solicitados exames que o bom senso dispensaria se não houvesse a pressão dos advogados – que passaram a funcionar como consultores diretos, recomendando aos médicos seguir protocolos que os tornassem mais defensáveis em caso de alguma complicação.

Por outro lado, como a confiança mútua ruiu, a relação médico-paciente esfriou – e quanto mais intelectualizado for o paciente, mais será tratado como um eventual contestador e merecedor de termos de consentimento informado que descrevem as intercorrências mais inusitadas.

Depois de três décadas, os planos de saúde começaram a estimular o turismo médico, porque ficou evidente que era mais barato pagar a viagem do paciente com acompanhante para ser operado em algum centro de excelência no exterior, fugindo dos preços exorbitantes da medicina americana. Finalmente, os jovens médicos americanos passaram a fugir das especialidades de maior risco, delegando a alta complexidade aos imigrantes, selecionados na origem por inteligência, desembaraço, ambição e brilhantismo.

Roberta foi a melhor aluna da turma, e o entusiasmo que irradiava no ambulatório era tão contagiante que ninguém mais se surpreendia quando as mães pediam nas reconsultas querer apenas ser atendidas por ela.

A entrada daquele pai na emergência do hospital, com uma criança pequena enrolada numa manta, pareceria normal não fosse o anúncio:

– Se disserem que não tem vaga na UTI, vou direto pro jornal e amanhã vocês vão dar explicações na TV.

Quando Roberta se aproximou para examinar a criança, foi repelida com um empurrão:

– Cai fora. Não quero uma estudantezinha cuidando do meu filho.

A chegada do segurança acalmou os ânimos, o pai recendendo a álcool foi afastado, e pôde ser constatado que não havia necessidade de UTI: o menino estava morto. Havia algumas horas. Ter sido chamada pelo diretor, um burocrata abjeto, ordenando-lhe que evitasse confusões com pacientes que pudessem denegrir a imagem do hospital, foi a gota d'água.

Ao encontrá-la no aeroporto, com passaporte na mão, ela estava cheia de medo pelo desconhecido, mas movida por uma indignação que nos tem faltado:

– Não importa o quanto seja difícil lá fora, vou em busca de dignidade profissional. Por aqui, parece que o estoque acabou. E, por favor, não pense que desisti por covardia. Preciso criar meus filhos num lugar onde o respeito seja espontâneo.

Triste admitir que perdemos um grande talento, que partiu cheio de razão. Mau sinal perceber o quanto os medíocres se sentem confortáveis com o país que estamos construindo.

A morte da autoestima

As razões pelas quais as pessoas decidem viver a qualquer custo ou simplesmente desistem nem sempre são muito perceptíveis. Em parte porque somos diferentes e não existem duas criaturas reagindo da mesma maneira a adversidades idênticas, mas também porque a bagagem afetiva que carregamos nos torna mais ou menos complacentes aos infortúnios.

A sensação euforizante de invulnerabilidade que envolve os bem-amados tem como contraponto o desânimo deprimente dos sofredores solitários, para quem qualquer sofrimento é uma agressão desproporcional ao esforço de continuar vivendo sem compensações afetivas.

Além disso, a persistência da dor sem remissão reduz o desejo do indivíduo de continuar vivendo, e a morte, temida porque representa o fim da alegria da vida, também pode ser vista como o fim da dor, da angústia e do sofrimento. A reação a essa situação dramática dependerá de que lado da estrada o paciente está.

Aprendi, em anos de convívio com pacientes oncológicos, que a preservação do ânimo, esse estado de espírito tão importante para o enfrentamento de terapias tantas vezes cruéis, depende muito da manutenção da autoestima intacta.

E coisas consideradas menos importantes, por serem transitórias, como por exemplo a queda dos cabelos, podem ser percebidas pelo paciente como catástrofes irreparáveis. É muito difícil dimensionar o significado de uma perda qualquer no imaginário de quem sente como se tivesse perdido tudo. Por isso, cuidado ao analisar o que é ou não importante para um paciente deprimido. Dependendo da fragilidade emocional dele, qualquer desconsideração, por ridícula que pareça, poderá significar uma ruptura definitiva e irresgatável da relação médico-paciente.

Maria Angélica ainda era muito bonita aos 61 anos, e o amor incondicional do marido e dos filhos sempre fora a blindagem que a mantinha protegida nos dias de náusea depois dos ciclos de quimioterapia. Mas nem esse invejável escudo amoroso conseguia conter a irritação quando por alguma razão ela flagrava um centímetro grisalho na raiz dos cabelos loiros ou aqueles dois milímetros sem esmalte na raiz das unhas.

Por inexperiência, cheguei a considerar aquela preocupação fútil, principalmente porque estava muito desapontado com a resposta de sua doença ao tratamento proposto. Demorei um tempo para perceber que nós encolhemos na doença e que essa subtração de autoestima, multiplicada pela depressão decorrente da perda da autonomia, constitui um abalo sísmico no interior de qualquer pessoa.

Um dos últimos e-mails da Maria Angélica continha um foto dela com uns 35 anos, completamente bronzeada, com um shortinho branco, cabelo ao vento num iate azul-celeste como o céu que se via ao fundo. E um apelo: por favor, lembre-se de mim assim.

Aquela mensagem era definitiva na sua essência: os pacientes querem ser lembrados pelo que foram, não pelo que restou deles. Eles preferem a lembrança fixada nos melhores momentos. Retrospectiva o tempo inteiro, evitando-se as atualizações sempre que forem deprimentes. E, se pudessem escolher, morreriam abraçados ao álbum de fotos antigas.

Essa fantasia sintetiza a luta contínua pela preservação da dignidade. Um sentimento que, de tanto se parecer com a vida, acaba sendo confundido com ela mesma. E não importa o que os outros pensem disso.

Assédio moral: essa praga

A competitividade sem limites nem escrúpulos da sociedade moderna criou espaço para as chefias inflexíveis – e daí, por geração quase espontânea, surgiu a figura lamentável do torturador mental.

O personagem meio folclórico e muito cinematográfico do sargento perseguidor de recrutas inocentes se materializou em miíases de chefes de repartição, espalhados em organizações públicas e privadas a exercer a ignóbil função de tripudiar sobre seus subalternos, submetendo-os a todo tipo de humilhações só suportadas pelo pavor incomparável do desemprego. Pavor este que é a matéria-prima sobre a qual o torturador esbanja toda a sua inesgotável capacidade de renovar modelos de depreciação e desrespeito com seu comandado.

Como o sadismo é um pré-requisito para a condição de torturador e o exercício de atrocidades que provoquem sofrimento é tônico vital para a sobrevivência do sádico, o ciclo patológico se completa quando o carrasco encontra sua vítima encurralada e indefesa.

Em algumas funções, como a de fiscal da receita, agente de trânsito ou policial, essa distorção de caráter pode ser confundida com eficácia e passar despercebida durante algum tempo, até que seus superiores, mais inteligentes e sensíveis, se deem conta de que pisotear a dignidade dos outros não pode ser uma trilha aceitável para a competência.

Uma noite dessas, chegando a Toronto, vindo de Nova York, fui aleatoriamente selecionado, provavelmente pela cara de turco, para uma entrevista com o pessoal da imigração canadense. Nos documentos, o visto canadense, a passagem de volta e dólares em quantidade suficiente para uma temporada ociosa naquela cidade.

A inspetora da aduana, um tipo agressivo, com a feminilidade macroscópica de uma instrutora de caratê, os olhos faiscantes e os lábios finos e constritos, como costumam tê-los as pessoas más. (Nunca vi uma maldosa beiçuda!)

A primeira pergunta:

– O que o senhor veio fazer no Canadá?

A resposta recomendável devia ser: "Turismo". Mas eu resolvi sofisticar:

– Vim assistir a um congresso médico.

Besteira total.

– Congresso onde?

– No Centro de Convenções.

– Qual deles?

– Esse grande que fica no centro da cidade.

– Temos vários centros de convenções na cidade. E cadê a sua inscrição no congresso?

– Vou fazer no local.

E, de repente, comecei a ser tratado como um provável agente terrorista:

– O senhor não está falando a verdade, o senhor não tem nenhum direito no Canadá, e fique sabendo que eu posso mandá-lo de volta para o Brasil!

Àquela altura, um pouco cansado da viagem e com saudades da terrinha, tive a sensação aguda de que nenhuma submissão se justificaria se a recompensa fosse só o direito de passar uns dias na cidade mais gélida e mal-humorada do hemisfério norte, onde as pessoas, por terem nada que fazer, se habituaram a dormir às nove da noite.

E assim, determinado a não suportar agressão de uma estúpida agente de imigração, resolvi afrontá-la:

– Pois bem, faça isso. Expeça o mandado de deportação, e eu, que sou um cirurgião conhecido aqui no Canadá e no mundo, lhe prometo inesquecíveis quinze minutos de fama com o incidente diplomático que a senhora vai ter de explicar!

Pronto. Toda a arrogância desapareceu. O pobre carimbo suportou a raiva, e eu saí daquela sala deprimente com um visto provisório de quatro meses, mesmo tendo dito que minha permanência no país seria de apenas quatro dias.

No fundo, não havia nada de errado com os documentos, e a simples consulta ao computador teria mostrado que aquela era a minha vigésima entrada no Canadá nos últimos anos. Todo o incidente se deveu à ânsia de exercitar poder de uma infeliz criatura que necessita ser tonificada pelo prazer patológico da humilhação.

E a minha reação inesperada serviu apenas para confirmar, mais uma vez, que o sadismo e a covardia são crias da mesma ninhada. E não importa qual nasceu antes.

Hora de acordar!

Quem já se submeteu ao convívio massacrante com a burocracia sabe bem o quanto o burocrata profissional odeia subir a escada hierárquica em busca da solução de um problema que ultrapassou os limites do seu reinado. Provoque essa situação, ameaçando-o com a responsabilização pela perda de uma vida humana, e ele cederá, mas terá construído um inimigo feroz e duradouro.

O Cláudio Lacerda é um obstinado por fazer o que deve ser feito e ganhou crachá de inscrição instantânea no clube dos que não aceitam que as mazelas de um país pobre sejam limitantes do tamanho dos seus sonhos. Há dezesseis anos deu início a um programa de transplante de fígado em Recife, e o livro que publicou com histórias emocionantes descreve uma verdadeira corrida com obstáculos, transpostos um a um com persistência invejável, ultrapassando os mil transplantes.

Quem trabalha com transplante descobre que as histórias se repetem, unidas pela energia contagiante que brota da percepção de que, quando uma vida pode ser salva, não há dique burocrático que detenha o tsunami da determinação.

Rana tinha só quatro aninhos mal vividos pela doença hepática congênita que desde logo anunciou que nenhuma paliação seria efetiva. Com a consciência da enorme dificuldade de se conseguir um doador de tamanho compatível com o seu corpinho mirrado, ela foi colocada numa lista de espera plena de improbabilidade.

O anúncio da existência de um doador pediátrico em Maceió euforizou o grupo, que viu renascer a esperança de salvar aquela bonequinha de sorriso triste. E foi no embalo dessa expectativa que a burocracia deu o ar da graça. A pessoa que atendeu ao telefone para responder ao pedido de liberação do helicóptero para busca do órgão na capital vizinha antecipou que naquele horário era impossível e, apesar dos apelos, desligou o telefone.

Claro que a capacidade de luta e a tenacidade de quem fizera mil transplantes no nordeste brasileiro tinha sido subestimada. Os intermediários foram dispensados, e ele assumiu o controle da operação Helicóptero Já. Confirmada a negativa com uma justificativa estúpida como "não pode e pronto", o primeiro obstáculo foi removido diante da ameaça de que a morte da criança seria responsabilidade de alguém e que, antes que o telefone fosse novamente desligado, o nome desse alguém teria de ser anunciado.

Confirmado que esse tipo de gente não se comove, só restava mesmo a ameaça pertinente de responsabilização pela vida desperdiçada. E de um pingo de gente, que nem vivera para entender que existem pessoas que não se importam que alguém possa morrer, desde que se cumpra o regulamento. No meio da madrugada, com o estresse em ascensão e o tempo se esgotando, a discussão mudou de nível e, acionado o burocrata grau 4, este lançou mão de um argumento que seu cérebro de ervilha deve ter concebido como definitivo:

– Helicóptero, a essa hora, só com autorização do governador!

Maravilha que alguém podia decidir, porque a resposta estava pronta:

– Então, acorde o governador!

Pouco provável que, em toda a linda história de Pernambuco, um governador tenha sido acordado por uma causa mais justa.

Os filhos que adotamos

Trate duas turmas diferentes da mesma maneira e descobrirá na diversidade de comportamentos e retribuições o quanto somos valorizados ou discriminados, de forma a nos vangloriarmos ou nem nos reconhecermos. Por isso, todos nós, professores, depois de muitos anos de magistério, temos as nossas turmas que amamos de paixão e as outras, que tiveram outros amores. Uma relação que se assemelha ao afeto imprevisível de filhos adotivos.

A turma 2015/2 da Ulbra encontrou o Luiz Cezar Vilodre e foi encantada por ele. Escolhido paraninfo, iniciou seu discurso identificando onde começara o vínculo: tinha sido no dia em que, irritado com o mau desempenho do grupo, comunicara:

– Acabou o tempo em que aluno da Ulbra era identificado como mau aluno. Acabou o tempo em que os egressos desta escola não passavam em provas nacionais. Daqui por diante, quem não estudar simplesmente não vai terminar o curso!

A convicção do anúncio deixou poucas dúvidas de que ele cumpriria o ultimato. Semanas depois, durante uma temida prova oral, ao abrir a porta para chamar o próximo aluno, se deparou com um dos já examinados anunciando para a escola inteira ouvir:

– Humilhei o Vilodre, acertei todas as respostas!

Confessou que aquela frase ficou martelando na sua cabeça durante muitas noites até se aperceber de que ela encerrava o verdadeiro sentido de ser professor, ao se dar conta do quanto estava orgulhoso porque o seu trabalho, persistente e obstinado, produzira como fruto aquilo que o aluno, sem entender o mérito, chamara de "humilhação".

A plateia se remexeu na poltrona e passou a pensar nele como o mestre realizado na proeza dos seus alunos. Então, mostrando que essa roda não para de girar, com a humildade de quem um dia também foi aluno, ele rendeu homenagem a dois de seus inesquecíveis professores: João Gomes da Silveira e Pedro Luiz Costa, dois ícones da medicina, que lhe ensinaram a amar a ginecologia. Identificou-os como personalidades opostas: o professor João Gomes da Silveira, um homem pequeno, de fala mansa, roupas modestas, que quando começava a ensinar se transformava num gigante; o outro, alto, magro, nariz adunco, olhos de águia, um fera de intolerância e dono de uma velocidade mental deslumbrante. O primeiro corrigia cada atitude equivocada do aluno com a serenidade da mão no ombro. O outro, quando chamava alguém na sua sala, já recebia a vítima com a alma encomendada.

Estabelecidos os modelos díspares que tinham moldado sua formação acadêmica, Vilodre contou que muitos anos depois, tarde da noite, ao sair do centro obstétrico de um grande hospital, viu um senhor idoso deitado numa maca aguardando o elevador. Para sua surpresa, reconheceu naquela figura arfante e arroxeada o professor Pedro Luiz Costa. Pego de surpresa e assumindo que às vezes a sua boca fala mais rápido do que sua cabeça consegue pensar, disse:

– Professor! O que o senhor está fazendo aqui?

E o professor, que aparentemente não precisava de oxigênio para ser mordaz, respondeu sem olhar:

– Te esperando!

Então, desconcertado, ele se apresentou:

– Sou o Luiz Cezar Vilodre, sou muito grato ao senhor, fui seu residente há muitos anos e por sua causa aprendi a adorar a ginecologia!

Quando o elevador chegou e a maca começou a ser empurrada, despediu-se do mestre, prometendo rezar por ele, e lhe beijou a testa.

Próximo do final do discurso, enalteceu a escola médica como referência para a vida do formando e assegurou que estaria lá, à espera de que os ex-alunos voltassem quando precisassem de ajuda. Por fim, com a plateia tentando conviver com a emoção crescente, ele arrematou:

– E, se um dia vocês me encontrarem numa maca num corredor de hospital, não precisam falar nada, mas não deixem de me beijar!

Levantamos para aplaudir, porque ali estava um PROFESSOR, na sua plenitude. Todos os que um dia deram aula desabaram. E foi um choro bom de chorar!

Um homem bom

De olho no retrovisor e nos números, 32 mil pessoas é a população de uma pequena cidade – e existem centenas dessas por aí. Mas e se esse total representar a experiência cirúrgica de alguém? Não esperem milhares de doenças com apresentações diferentes porque elas, como se sabe, se repetem e depois de um tempo se tornam monótonas – e, às vezes, enfadonhas. Mas e se cada enfermidade tiver sido trazida por indivíduos com trajetórias próprias, já imaginaram quanta história pra contar? Com certeza existiram muitos tipos para lembrar, e com tristeza alguns poucos para esquecer, mas os primeiros, representando uma maioria absoluta e compensadora, constituem a memória generosa dessa abençoada profissão.

O Anísio é um homem simples, mas tem aquela infinitude no olhar típica dos privilegiados que vivem de frente para o mar. Nossa relação começou meio conturbada, depois se enterneceu. Ele respirava com sofreguidão, tinha indicação de um transplante e um tipo sanguíneo raro, o que dificultava a obtenção de um doador. Após alguns meses, foi chamado e veio ao hospital cheio de entusiasmo, mas horas depois recebeu a notícia de que o pulmão era inviável. Quando foi novamente convocado, em duas semanas, ficamos sabendo o quanto se deprimira com a experiência frustrada. Simplesmente disse à doutora que não viria mais porque desistira do transplante. Inconformado, liguei de volta:

– Anísio, acho que não estás entendendo. Por uma sorte impressionante, apesar do teu tipo sanguíneo incomum, temos um novo doador em quinze dias, e com um pulmão melhor do que o anterior, mas fiquei sabendo que desististe! Pois estou ligando para te comunicar que tu vais ser transplantado! O que temos de decidir é se virás sozinho ou se terei que te buscar no Imbé!

Houve um longo silêncio, depois um suspiro e o anúncio:

– Estou indo. Por favor, esperem por mim!

Treze anos depois, o Anísio foi convidado para falar no encontro de Natal, que reúne transplantados e candidatos. Começou tímido:

– Hoje de manhã, estava correndo lá na praia quando recebi uma ligação da Kelly pedindo para falar nesta reunião e fiquei meio assustado, porque não sou homem de muitas palavras e não sabia o que dizer. – E então foi definitivo na apologia da esperança: – Agora, vendo vocês com esses tubos de oxigênio, pensei que poderia aconselhar que cumpram tudo o que os doutores recomendarem, que vão conseguir o transplante. E quem sabe um dia desses vocês poderão correr comigo lá na praia do Imbé?!

A mistura de sonho, esperança e fantasia encheu a sala, e os olhos transbordantes embaralharam as silhuetas. Tudo na medida certa para recomeçar o ano, não importando que, para vários dos presentes, aquele fosse o último. Ninguém mais aceitaria morrer antes da esperança. Não depois daquele discurso.

No ano passado, quinze anos depois do transplante, nos cruzamos no pátio – e ele continuava animado e agradecido. Quando íamos nos despedir, disse, meio sem jeito, que queria me fazer um pedido: precisava ficar um pouco abraçado comigo. Depois de um tempo, conseguiu falar para se superar em afeto:

– Acho que já chega, captei a energia boa que precisava e não quero ficar com toda ela só pra mim.

E saiu com seu passo miúdo, sem olhar para trás. Desconfio de que ele sabe que o afeto é um desses sentimentos que só aumenta por divisão. Vou confirmar isso no próximo abraço.

O escasso tempo do perdão

Não existe uma maneira mais ou menos adequada de se comportar no fim da vida – e, sem um manual de instruções, o jeito é improvisar.

Alguns morrem fazendo planos, como se até a conclusão dos compromissos assumidos a demissão deste mundo pudesse ser protelada; outros se amarguram por acreditarem que foram menos correspondidos no amor do que fizeram por merecer, e reclamam da mais amarga das solidões: a que não tem depois.

Ainda há os que antecipam o epílogo mergulhando em depressão profunda, que é a mais perfeita imitação da morte, e os que falam sem parar, como se fosse possível reaver os discursos protelados e as declarações de amor negligenciadas por falta de motivação ou oportunidade. São frequentes os que repetem à exaustão as maravilhas que fizeram, como se ninguém percebesse o desespero de alardear o encanto do que poderiam ter sido e não foram.

A variedade de tipos e reações torna o convívio com o paciente terminal um grande desafio para a sensibilidade do médico, que descobriu que sua missão não termina com o diagnóstico da incurabilidade e se deixa encantar pelas inesgotáveis lições de grandeza, mesquinhez, generosidade, altivez e hipocrisia, essa salada a que chamamos humanismo. Os pacientes autenticados pela proximidade da morte, despojados de toda a futilidade, que só prospera nas relações sociais entre pessoas saudáveis, são os melhores mestres na seleção dos sentimentos que realmente valem a pena resgatar no inventário final.

Osvaldo nunca aceitou respostas evasivas e explicações pela metade. Quando soube que um melanoma que operara havia quatro anos recidivara, desapareceu por duas semanas e então voltou para o que chamou de organização de encerramento.

Falava do tempo de vida com a objetividade de um empresário bem-sucedido, que lamentava morrer aos 63 anos, mas, se não era mais evitável, achava que não fazia sentido choramingar. Um dia, já bem próximo do fim, entrei no seu quarto e surpreendi a fortaleza soluçando. Antes que lhe perguntasse qualquer coisa ele explicou:

– Acabei de falar com meu irmão mais moço e, nem acredito, consegui pedir-lhe perdão. Não passou um dia da minha vida sem que eu tenha pensado nisso, porque a nossa discórdia não fazia sentido. Foi uma bobagem, eu não podia ter dito que nossa mãe ia morrer por causa dele. Ninguém provoca câncer nos outros. Ele não sabe que estou morrendo, mas graças a Deus me ouviu e acabamos chorando juntos. Descarreguei um peso. Era hora de consertar o passado para poupar o presente. Ah, e não faça essa cara, doutor, porque eu sei que não tenho futuro, mas ele terá. Sei também que não precisávamos ter sofrido tanto, pois esse tempo de silêncio já dura 34 anos.

Não sei que cara fiz, mas não disse nada. Não ajudaria ele saber o quanto me pareceu injusto que não houvesse mais tempo depois do perdão.

As pessoas afeitas a gestos de tamanha grandeza deviam merecer uma prorrogação.

A noção de morte digna

Esse foi o título da minha conferência de abertura do Simpósio da Academia Nacional de Medicina, sobre *O direito de morrer*.

Antecipei que, quando se discute o conceito de morte digna, precisamos considerar primariamente a circunstância em que ela ocorre: súbita, traumática ou arrastada por doença crônica, além da idade da pessoa.

A perda de um jovem que nem viveu o suficiente para se justificar neste mundo e a morte de um indivíduo sadio até o evento são, evidentemente, diferentes daquela que representa um ponto final de uma enfermidade crônica que arrastou a vítima e sua família pela via crúcis do sofrimento. Principalmente quando esse sofrimento não envolvia perspectiva alguma de benefício e significava apenas a protelação injusta do desfecho inevitável. Admito, constrangido, que demorei algum tempo para aprender que desejar a morte de um familiar nessa condição não tem nada de desamor, é só um gesto de dolorosa compaixão.

A naturalidade com que se convive com o acontecido no velório de pacientes idosos é reveladora da nossa tendência de interpretar a morte como um previsível e imutável ponto final do ciclo biológico. No entanto, não se deve esquecer que tais racionalizações são desapegadas de afeto, porque a morte sempre parecerá cruel, dolorosa e extemporânea aos olhos de quem ama, independentemente da idade do falecido.

Por que é assim? Porque o afeto não é um sentimento racionalizável, e disso só entendem bem os sobreviventes da dor da perda, ou seja, os que morrem um pouco com os que se vão.

A noção de morte digna devia exigir um tempo de preparação que permitisse o resgate dos afetos negligenciados, a confissão dos amores omitidos e o reconhecimento agradecido pelo querer bem incondicional.

Não há possibilidade de morte digna num mar de sofrimento físico, de tal modo que um princípio básico do atendimento profissional é a noção de que toda queixa clínica representa uma urgência médica. Nada mais incompreensível do que um paciente terminal gemente de dor num hospital moderno. Isso deveria ser visto como a mais grosseira capitulação da medicina, cuja principal missão é aliviar o sofrimento.

Como a convivência com a proximidade da morte é um devastador exercício de impotência, compreende-se que o médico queira interrompê-lo por sedação do pobre paciente, mas essa decisão também precisa ser compartilhada.

Juvenal tornara-se um amigo querido durante os anos de convívio com uma fibrose pulmonar, que o alcançara acima da idade limite para o transplante. Quando comuniquei à esposa que pretendíamos sedá-lo para interromper a angústia inútil, ela me disse:

– Por favor, não. Estávamos falando, e ele me disse umas coisas tão bonitas! Não interrompa essa conversa, por favor!

Horas depois, quando voltei ao quarto, ele tinha acabado de morrer. Ela me abraçou e, carinhosamente, agradeceu:

– Obrigada, doutor, por sua generosidade nós tivemos a segunda melhor noite das nossas vidas!

Aprendi naquele dia o quanto sabemos pouco do que é melhor para cada pessoa no ocaso do seu universo único e intransferível.

Outro imenso desafio à sensibilidade médica é conviver com a família e descobrir que o mais revoltado e inconsolável é o mau filho, que se apercebeu de que a última oportunidade de recuperar o afeto renegado está indo embora.

Por fim, resistir à pressão descabida de algumas famílias em transferir o paciente para a solidão desumanizada da UTI e garantir que ele tenha seus instantes finais sem sofrimento físico, de mãos dadas e olhando no olho das pessoas que de fato vão sentir a sua falta, é o mais próximo que podemos chegar do conceito de morte digna.

Retaguarda de afeto

Impossível consertar, se as coisas começam tão mal. No máximo um remendo precário e tocar a vida adiante.

Quando lhe chamaram de Alex, esse era todo o nome que tinha. Como mais um filho indesejado, certamente não teria escolhido nascer. Não daquele jeito. Se por pressa de se verem livres do incômodo ou por rejeição, ele desembarcou sem consulta no final do quinto mês de gestação e, para não deixar dúvida do mal-amado que era, foi abandonado na rua. Ter sido colocado na tampa de um contêiner de lixo foi o tênue sinal de preocupação para que fosse visto logo e, se algum anjo estivesse atento, ainda com vida.

Foi levado a um hospital público, onde teve uma parada cardíaca logo na entrada. Reanimado, aquecido e alimentado, permaneceu entre a vida e a morte durante várias semanas, sobrevivendo a uma seleção natural inacreditável. Com o passar dos meses, ficou evidente que a prematuridade, o pós-parto desprotegido e as complicações infecciosas que decorreram disso tinham deixado como sequela um retardo do desenvolvimento motor e cognitivo. A busca pela mãe resultou inútil e, depois de um ano de internação, quando alcançou condições de alta hospitalar, foi levado para uma casa de passagem, onde eram encaminhadas as primeiras tentativas de adoção antes de serem levados para os orfanatos.

Iolanda, mãe solteira de dois filhos pequenos, era voluntária nessa casa e várias vezes preparou o Alex, junto com outros coleguinhas de abandono, para a inspeção de casais ansiosos por escolher seus filhos adotivos. Tantas vezes o ritual se repetiu, e outras tantas ele foi rejeitado, que depois de alguns meses todos tinham entendido que o Alex nunca seria selecionado, apesar da carinha sorridente e dos bracinhos sempre estendidos em direção a qualquer estranho que significasse a remota possibilidade de um colo.

A festinha de terceiro aniversário do Alex foi um dia inesquecivelmente triste para todos, menos para ele, que estava animadíssimo com a agitação da festa porque ignorava que, atingida essa idade e sem adoção à vista, ele devia ser levado no dia seguinte para o lar dos órfãos. Os dois anos de convívio e a afeição que o grupo desenvolvera pelo Alex explicavam as lágrimas disfarçadas de emoção que rodeavam a mesa dos doces e escaparam de controle quando várias voluntárias acorreram para ajudar o sopro fraco do Alex, insuficiente para apagar as três velinhas.

Logo depois ele começou a circular pelo salão, de colo em colo, sem saber que cada abraço era uma despedida.

E então ele finalmente chegou aos braços da Iolanda, ela a única que não derramara uma lágrima, e ele batendo palmas, sem cuidado algum em dissimular a predileção. Depois de uma sessão de beijos naquela bochecha que o riso desnivelava um pouco pela paralisia facial, a Iolanda solenemente anunciou:

– Meninas, arrumem a sacola com as roupas do Alex, porque ele vai pra casa comigo. Ele nasceu na miséria, vai ter de aprender a dividir a pobreza com a gente!

O que não cabe no currículo

Muito já se escreveu sobre a capacidade de sofrimento do ser humano e a insuspeitada resiliência que guardamos em nós, esta reserva técnica que nos permite emergir da tragédia como criaturas melhores do que éramos quando mergulhamos nela.

No entanto, pouco se tem pesquisado sobre os limites de tolerância com o sofrimento alheio, ou seja, como se comportam as pessoas que por trabalho ou benemerência se propõem ao exercício da solidariedade com os sofredores. Os psicólogos de botequim costumam dizer que os médicos, por necessidade ou descaso, se tornam rígidos como uma estratégia de autopreservação, não permitindo que a desgraça alheia "contamine" a sua felicidade. Nunca acreditei nessa pretensa blindagem, porque sempre me pareceu explicação de conveniência para uma rigidez inata. Os modelos que tentei copiar me ensinaram exatamente o contrário: os melhores consoladores são os que se envolvem com o drama alheio e que, por isso, são compensadoramente banhados pela doçura do afeto repartido no limite da generosidade.

Há, sim, os que não suportam compartilhar o penar dos outros, não porque não sintam pena, mas porque não conseguem superar a aspereza da impotência e as perdas inevitáveis, e acusam os golpes como mortais à sua própria sobrevivência profissional e pessoal.

Marcelo se graduou com enorme brilhantismo, compatível com sua inteligência privilegiada e aguçado senso de observação. Dono de um currículo invejável e reconhecido pelas melhores universidades como um pesquisador de elite, procedia o ritual de visitas que é imposto a quem pretende ingressar na Academia Nacional de Medicina. No meio de um almoço disfarçado de entrevista, uma curiosidade minha:

– O que te levou a abrir mão da atividade clínica e enveredar pela pesquisa básica?

E então uma confissão comovente:

– Eu era residente de clínica médica e gostava muito dos meus velhinhos, e dentre esses especialmente da dona Ana, uma vozinha muito fofa e solitária, abandonada lá no hospital. Com uma síndrome clínica complexa, vinha perdendo capacidade cognitiva rapidamente, e eu me esmerava em acalmá-la quando tinha crises de agitação e do nada começava a gritar, depois chorando copiosamente. Sempre conseguia acalmá-la depois de massagear-lhe as costas e alisar-lhe os cabelos. Um domingo, depois de um plantão de 24 horas, fui pra casa descansar, completamente exausto. Lá pela meia-noite fui despertado por um telefonema da enfermeira de plantão, muito ansiosa porque a dona Ana estava transtornada, e ninguém conseguia dormir na unidade com o barulho infernal. O apelo era desesperado: "Será que o senhor não podia dar um pulinho aqui para acalmá-la? O senhor é a única pessoa que consegue isso!".

Atravessei a cidade e encontrei a dona Ana furiosa, contida por dois enfermeiros. Coloquei uma cadeira na beira da cama, tomei a mão dela e disse: "Dona Ana, se acalme, eu não vou mais deixá-la sozinha, vou ficar segurando a sua mão até a senhora dormir!". Cinco minutos depois ela ressonava tranquilamente, e eu, apoiado na cama e tresnoitado, também adormeci. Quando acordei, estava amanhecendo. Ela ainda segurava minha mão com uma firmeza estática, e percebi então que tinha morrido. Tratei de sacudi-la, num esforço tão desesperado quanto inútil. Acho que só queria me desculpar por ter dormido. Como se a minha vigília pudesse tê-la impedido de morrer. Perambulei pela cidade para chorar e, naquele dia, decidi trabalhar só com pesquisa, porque me dei conta de que não teria condições de sobreviver à perda de cada um dos velhinhos por quem me afeiçoasse no futuro que ia começar.

Tentamos desengasgar com uma última taça de Malbec e dissemos adeus. Com essa amostra de humanidade, perdi completamente o interesse pelo volumoso currículo que ele me entregou ao se despedir.

Resgate dos afetos

Sempre gostei do Congresso Argentino de Cirurgia, um encontro fraterno com muitos amigos conquistados ao longo do tempo numa troca aberta de experiências bem-sucedidas ou fracassadas. Nunca encontrei soberba nesse convívio. Afora o alto nível dos convidados estrangeiros, nos últimos anos ainda tenho sido agraciado com o reencontro de vários ex-residentes argentinos do nosso serviço. O abraço mais demorado e os olhos marejados não enganam: há saudade sobrando naquele círculo, ainda que não exista tal palavra no idioma espanhol. Entendo que eles não se sintam em desvantagem por isso, porque para mim ouvir-lhes confessar: "Le extraño, profesor!" é muito bom, e mais do que suficiente para expressar a falta mútua que sentimos!

No jantar obrigatório, todos falam muito rápido porque, afinal, sempre há muito que relembrar antes que o tempo acabe e as nossas memórias sejam varridas pelo esquecimento. Nesse burburinho afetivo são recuperadas histórias preciosas, que de outra maneira se perderiam.

Entre risos e pausas para se recompor, Suarez relembrou a primeira entrevista com um paciente de uns oitenta anos, com a cabeça muito branca, e o quanto lhe pareceu amigável chamar-lhe repetidamente de "vôzinho" – que, aprendera fazia pouco, equivalia ao "abuelito" com que chamava seu saudoso avô.

Terminada a longa anamnese, o paciente pediu a palavra:

– Meu caro doutor, gostei do seu carinho e tenho certeza de que o senhor será um médico bem-sucedido, mas preciso lhe contar uma história da minha família: meu pai sempre dizia que todo homem deve ter dois filhos para assegurar a sua continuidade genética. Ele teve dois filhos, e eu e meu irmão seguimos a recomendação, com dois filhos cada um. E outra vez a tradição foi mantida, e cada filho meu teve igualmente dois filhos. – O Suarez confessou que não imaginava o desfecho quando o velhinho, depois de uma longa pausa, recomeçou: – Mas por que estou lhe contando isso? Ah, já lembrei: eu queria que o senhor soubesse que eu já tenho todos os netos que planejei ter!

Ele aprendeu naquele dia o quanto o uso de diminutivos é malvisto na maioria das relações com pacientes idosos.

O Aquino recuperou uma situação hilária. Tínhamos operado uma anciã, e havia a natural preocupação de como despertaria da anestesia, que fora mais prolongada do que o desejado. Quando ela finalmente abriu os olhos, perguntei:

– A senhora está me reconhecendo?

Ela começou bem:

– José – ótimo.

– Jesus – perfeito.

– Maria.

Fácil imaginar o desespero ao descobrir que, em vez de reconhecer seu cirurgião, ela estava evocando a Sagrada Família!

Chimondegui deliciou-se com a lembrança de uma cliente do Mestre Palombini, internada no Hospital Moinhos de Vento. Ele queria muito que eu avaliasse a possibilidade de cirurgia, apesar da idade avançada da paciente. Toda a apresentação do caso tinha esse viés de persuasão induzida pelo desejo de ajudar a paciente, que o Palombini adorava e que de outra maneira morreria.

– Camargo, tu vais adorar a dona Cleide! Ela é maravilhosa, mas é bem velha! Não lembro de um ecocardiograma tão normal nessa idade, mas ela é velhinha! Também vais te impressionar com a espirometria, mas eu sei que ela é velha!

Ao abrirmos a porta do quarto, Chimondegui e eu, estávamos preparados para encontrar a irmã de Matusalém quando nos deparamos com uma senhora muito magra e frágil sentada sobre as pernas, tricotando com mãos nodosas um pulôver de lã branca como seus cabelos. Quando lhe perguntei: "A senhora é a dona Cleide?", o inesperado:

– A mamãe foi fazer uma radiografia de tórax.

Difícil conter a surpresa, porque a filha já parecia bastante idosa para o projeto cirúrgico.

O que cabe em um abraço

William era filho único de um pai rico e bem-sucedido. Sobrecarregado pela cobrança de equivalência com o sucesso do pai, fez uma série de escolhas equivocadas na tentativa vã de encontrar uma trilha própria, com reconhecimento personalizado, despegado do modelo paterno. Quando lhe ofereceram um emprego em Londres, viu uma chance ázigo de dar uma utilidade ao curso de comércio exterior, que até então lhe soava no currículo como um título abstrato. Mas mais do que tudo percebeu que a distância traria uma trégua na competição desgastante que mantinha consigo mesmo.

Descobriu então que a vocação para o sucesso empresarial era genética e, depois de seis anos, já comandava uma importante agência no centro financeiro de Londres. Durante esse tempo, o trabalho obstinado restringiu a relação familiar a telefonemas rápidos focados na saúde dos pais e à repetição exaustiva dessas frases de pseudoafeto que dizemos na ânsia indisfarçada de encerrar uma ligação amorfa.

Uma dessas chamadas foi na véspera do Ano-Novo de 2009. Era a quarta virada de ano longe da família: a mãe pareceu chorosa como sempre, mas a voz do pai, recordaria depois, parecera mais cansada e do nada o velho dissera:

– Não sei quantos Anos-Novos ainda festejarei, mas espero que o seu Ano-Novo seja muito feliz!

Na hora, pensou: "O velho, manhoso como sempre, fazendo seu charme!". E na mesma linha de cordialidade respondeu:

– Que os seus próximos trinta anos também sejam!

Lembrava bem desse diálogo porque, ao desligar, se dera conta de que os trinta anos oferecidos no final da conversa eram um exagero – afinal, o pai já passara dos setenta. Mas o desconforto dessa constatação durara poucos segundos, porque a vida frenética que levava não lhe permitia abstrações. Só ficara como definitiva a percepção de que o aumento do intervalo entre os telefonemas, notável nos últimos meses, só fazia crescer a ansiedade por encerrar a conversa seguinte. Por isso quando a mãe lhe chamou na véspera do Natal de 2010, ele já atendeu acelerado:

– Diga lá, mãe, o que há de novo?

Houve um silêncio e um soluço. O choro antes de começar a falar era uma inversão que prenunciava notícia ruim. E ela veio.

– É o seu pai, meu filho! Estive preocupada por meses com a prostração dele. Ele escondeu de mim o mais que pôde, mas ontem me confessou que está morrendo. E pediu que não o incomodasse, mas sei o quanto ele gostaria de vê-lo, desde que você não tenha nada mais importante para fazer!

Na última frase, toda a mágoa arquivada desde uma noite infeliz em que ele dissera: "Desculpe, mãe, mas vou desligar porque meu dia ainda não terminou e tenho coisas muito importantes para fazer!".

Decidiu voltar aproveitando o feriado de Ano-Novo, quando os negócios esfriavam e poderia dar alguma atenção ao casal de velhos carentes, que agora passara a ligar quase diariamente – e, se isso não bastasse, as ligações ainda terminavam em mar de lágrimas. O reencontro foi chocante. O pai muito magro, a mãe sem pintar os cabelos, quase não os reconheceu. Impactado pela descoberta do quanto o abandono de um filho envelhece os pais, ele tentou várias vezes explicar a ausência prolongada. E o velho pai sempre o interrompia:

– Não diga nada, meu filho. Eu tenho o maior orgulho de você!

Na véspera do Ano-Novo ele chamou os dois e disse:

– Gente, eu não tenho experiência nessa coisa de morrer, mas acho que é isso que está acontecendo comigo. Me abracem!

Os três ficaram assim, enlaçados, durante um longo tempo. Até que perceberam que o pai já não estava. O William confessou-me, tempos depois, ter descoberto naquele momento que tudo o que é realmente importante cabe em um único abraço.

O último reduto

A explicação mais simplista para as atrocidades do cotidiano é que a sociedade está em franca degeneração. Tal juízo é precipitado e só teria chance de ser verdadeiro se, por alguma aberração genética, as crianças começassem a nascer más.

Como somos essencialmente bons, e é assim que nascemos, cada desvio da curva em direção ao mal é instantaneamente corrigido pelo nascimento de novos modelos originais, íntegros e generosos.

A mídia costuma se defender da acusação de catastrofista, alegando que não cria os fatos, apenas se limita a noticiá-los, mas ninguém nega que notícia ruim vende mais e tem um poder de disseminação contagiante. E isso parece ser inerente à condição humana. Todos os que tiveram a oportunidade de fazer alguma coisa relevante na vida se queixam de terem as suas "proezas" pobremente divulgadas e se sentirem humilhados com as manchetes de desfalques gigantescos, assassinatos em série e delações premiadas. A equanimidade no relato de fatos bons e ruins certamente revelaria um festejado indício de maturidade social. Enquanto isso não ocorre, cabe aos formadores de opinião divulgar as coisas boas como contraponto ao mal que assola nosso dia a dia.

Sem a pretensão de formar opinião de ninguém, fiquei com vontade de divulgar a entrevista de Mario Sergio Cortella, que relatou a experiência de Fernando Anhaia, um atleta espanhol que, durante uma corrida na Catalunha, percebeu que Abel Mutai, o queniano que liderava a prova com folga, reduzira o passo a poucos metros do final, imaginando que já tinha cruzado a linha de chegada. O jovem espanhol surpreendeu o mundo alertando o concorrente e empurrando-o até a vitória. Quando o repórter perguntou-lhe: "Por que você fez isso?", ele respondeu:

– Isso o quê?

Ele não entendeu que poderia ter feito outra coisa além do que fizera.

O repórter insistiu:

– Mas você poderia ter ganhado a corrida!

E ele contestou:

Mas, se eu subisse ao pódio dessa maneira, o que eu ia pensar de mim mesmo? – E o mais bonito:

– Como é que eu ia explicar para a minha mãe?

Mesmo entre bandidos, traficantes e mafiosos, a mãe é o último reduto. Não importa o que o mundo pense de nós, à mãe nós faremos o máximo possível para não decepcionar. Porque se quem o gerou sentir vergonha de você, sinto muito, mas é porque você não presta.

A vergonha parece mesmo ter uma raiz matricial, muito bem sintetizada no pensamento do grande

Immanuel Kant quando escreveu: "Tudo o que você não puder explicar como fez, não faça. Porque a moralidade não é a doutrina do que fazer para ser feliz. É antes a doutrina do que você deve fazer para merecer a felicidade".

Ser feliz é previsível?

Uma pesquisa americana, feita com jovens nascidos entre os anos 80 e 90, mostrou que para quase 80% deles tornar-se rico era o principal objetivo da vida, e quase metade desses admitiu que ambicionava tornar-se famoso. E estavam determinados a trabalhar duro, tanto quanto fosse necessário, para alcançar tais metas. Mas e se essas pessoas fossem seguidas durante anos e décadas, esses objetivos se manteriam?

Numa das mais interessantes conferências do TED, esse site de tanto sucesso na internet, o professor Robert Waldinger, quarto diretor de um projeto de pesquisa de Harvard ("Estudo sobre o Desenvolvimento Adulto"), tratou de responder a essa pergunta, relatando os resultados do acompanhamento de 724 indivíduos de diferentes classes sociais durante, pasmem, 75 anos.

Registraram, em consultas periódicas, o que aconteceu ao longo da vida dessas pessoas sem precisarem confiar na memória que, como se sabe, frequentemente é falha ou criativa. As revelações mais significativas, referentes à felicidade, não diziam respeito a dinheiro, nem a fama, nem a trabalhar mais e mais na busca de seus objetivos.

A lição mais importante: as boas relações sociais nos mantêm mais felizes e saudáveis, enquanto a solidão é mortal. Quando foram revisados os prontuários desses indivíduos, verificou-se que não foi o nível do colesterol medido aos cinquenta anos que determinou como eles estariam aos oitenta: foi o grau de satisfação com suas relações pessoais. Entre os felizes aos cinquenta anos estava o maior número de octogenários saudáveis e contentes. Três conclusões da pesquisa:

1. As relações sociais nos fazem bem, enquanto a solidão nos flagela. As pessoas que têm mais relações sociais, com a família, com os amigos ou com a comunidade, são mais felizes, têm uma vida mais saudável e vivem mais tempo, enquanto os solitários são mais tristes, sua saúde declina mais rapidamente na meia-idade, a atividade cerebral definha mais cedo, e eles vivem menos.

2. É importante a qualidade das relações. É possível sentir-se só no meio de uma multidão ou no casamento. Relações sociais conflituosas são péssimas para a saúde, e um divórcio é certamente menos danoso do que um matrimônio sem afeto.

3. Entre os pesquisados, ficou claro que aqueles que mantiveram relações pessoais amistosas e afetivas conseguiram chegar aos oitenta anos mais felizes e mais saudáveis, apesar do consenso de que as relações pessoais muitas vezes são complicadas e nem sempre conseguimos manter um diálogo generoso, porque, afinal, somos humanos, com todas as nossas idiossincrasias.

Na investigação da qualidade de vida x doença, uma revelação interessante: as pessoas que tinham relações pessoais múltiplas e carinhosas disseram que, quando adoeciam, as dores físicas eram minimizadas pela proximidade do afeto, enquanto nos solitários eram potencializadas pela sensação de abandono.

Em resumo, confirma-se a reciprocidade do afeto produzida pelo querer bem como o melhor tônico pra se viver mais e melhor. Os refratários à fraternidade muitas vezes constroem vidas abastadas para descobrir, no final, que são pobres do único patrimônio que valeria a pena contabilizar: o número de pessoas que sentirão, de fato, a falta deles. Talvez essas pesquisas fossem dispensáveis para descobrirmos que a amargura da velhice solitária é perfeitamente previsível. E, de certa forma, merecida.

Os limites do ódio

O Gotardo e o Gonçalo são gêmeos, mas, por razões familiares, cresceram separados, aos cuidados dos avós maternos e paternos, depois que a mãe morreu num acidente de ônibus, duas semanas após completarem três anos de idade.

Ainda que os avós se esmerassem, as condições de vida oferecidas a um e outro eram muito diferentes, porque muito diferentes eram as condições econômicas das duas famílias. Todos os presentes e regalias desfrutados pelo Gonçalo incomodavam ao Gotardo, que tinha de se contentar com privilégios escassos e brinquedos modestos.

É provável que essa desproporção tenha servido de combustível para uma briga monumental que estremeceu a família no Natal de 96, quando tinham catorze anos de idade. Depois disso, os parentes tentaram inutilmente uma reaproximação, mas nem a morte do pai, cinco anos depois, conseguiu amenizar o rancor. Nunca mais trocaram uma palavra. Nem no velório do pai. No dia de Finados de 2009, o Gotardo acelerou o passo e, recostado a uma árvore fora do alcance da visão, aguardou que o irmão, acompanhado de mulher e filho, encerrasse a visita ao túmulo dos pais e desaparecesse. Também nada comentou quando soube por familiares que o Gonçalo estava com leucemia. Como se sabe, o ódio amadurecido em ruminações crônicas tem absoluta semelhança com a morte.

Em leucemia, o tratamento moderno é capaz de eliminar as células tumorais da medula, matando-a, e com isso a enfermidade é controlada. O passo seguinte, rumo à normalidade e à saúde, é o transplante de medula. O oncologista ficou entusiasmado com a informação de que o Gonçalo tinha um irmão gêmeo, por tudo o que isso representava em chance de um doador perfeitamente compatível. Mas a reação do paciente não poderia ter sido mais inesperada:

– Imagina se eu vou aceitar e ficar devendo obrigação àquele frouxo recalcado! Prefiro morrer!

Desse diálogo o Gotardo não tomou conhecimento, mas, quando consultado se concordaria em fazer os testes para confirmação de compatibilidade, também se negou, dizendo que para ele o irmão já tinha morrido num Natal distante em que o humilhara diante de toda a família. Duas semanas depois, com a lista nacional de voluntários repassada sem um doador adequado, o Gotardo ligou para o oncologista e combinou um café. Ele pensara melhor e precisava conversar.

– Eu vou fazer os testes e, se for compatível, quero ser colocado no Banco de Medula como um doador anônimo. Não suporto esse cara que sempre se referiu a mim como um imprestável. Não gostaria que ele pensasse que estou me esforçando para que ele mude de opinião a meu respeito. Acontece que nem lembro mais do que ele disse na noite da humilhação. Mas eu simplesmente não conseguiria conviver com a ideia de que meu irmão morreu por conta do meu ódio. Na verdade, só não queria que ele soubesse que, além de imprestável, sou tão frouxo que nem consigo mais odiar!

    O transplante foi um sucesso. A medula, como se presumia, está imune ao rancor.

    E o Gonçalo recuperou-se rapidamente, convencido de que Deus dera valor a quem merecia e o ajudara a sobreviver sem a ajuda de pessoinhas insignificantes.

Um delator em construção

Etimologicamente, a palavra *antipatia* se origina do vocábulo grego *antipatheia*, formada pela junção dos termos *anti* (contra) e *patheia* (afeição), ou seja, é um substantivo que dá nome ao oposto da afeição; uma contra-afeição. Concordo que esse sentimento é mais fácil de sentir do que de explicar. Como pode ser construída à primeira vista, ela merece nessa condição o rótulo de *antipatia instantânea*, que seria criada no consciente do indivíduo tendo como base experiências negativas do passado e que estão "presas" no subconsciente. Estima-se que, quanto maior a frustração relacionada com a experiência prévia desagradável, mais intensa será a reação quando houver um estímulo a lembranças negativas. Certamente por isso os terapeutas recomendam que se dê uma nova chance aos relacionamentos que geraram antipatia instantânea. Nunca tive essa segunda oportunidade, e admito que também não lamentei por isso – e, se surgisse agora, não saberia o que fazer com ela.

Ele era considerado um cara inteligente, isso ninguém discutia, e muito antipático, disso ninguém discordava. Não era da nossa turma, de modo que o convívio era esporádico e superficial, mas a marca que guardei dele era imperdoável: não só tinha dedurado os colegas como se orgulhava disso.

Na faculdade, havia uma disciplina-pesadelo e, à medida que se aproximavam as provas, o pavor era geral. Contava-se que nesse clima em que se misturavam ameaças de suicídio com promessas candentes de transformação, confissões de culpa e ensaios de arrependimento, aquela turma recebera um emissário do céu: alguém entrara no laboratório à noite e surrupiara as provas. Teria havido uma reunião de emergência para decidir o quanto cada um precisava para livrar a cara. A norma era simples: ninguém seria promovido a gênio para não despertar suspeita, e todos teriam que se contentar com os "acertos" necessários para a prevenção da tragédia.

Com tudo acertado, o bando de felizardos foi se encontrar com a nossa turma no bar Alaska, onde durante duas décadas funcionou uma espécie de fórum dos estudantes de medicina da UFRGS. Daqueles debates infindáveis, regados ao melhor chope da cidade, além das ressacas sempre lembrarei das nossas certezas e ainda hoje suspeito que, se aquelas propostas tivessem resistido à luz do dia, teríamos amanhecido melhores. Nós intuíamos que aquela era a mais saudável das memórias de uma juventude idealista e ingênua, e velávamos por ela, naquela espécie de santuário paradoxal em que misturávamos, em doses generosas, amizade, parceria, esperança e as melhores intenções. E, vá lá, uma cota de vagabundagem, que a gente também ficava muito cansado de ser tão idealista. Pois foi justamente nesse clima de pureza absoluta que, dois dias depois, a história dos nossos colegas de trago explodiu como uma bomba de efeito desmoralizante: dera tudo errado. Um estudioso, indignado que uma "tropa de vagabundos" pudesse salvar a pele sem estudar, denunciara o golpe. Mais da metade da turma quebrara a cara, e nem fora necessário investigar o culpado: ele se apresentara, orgulhosamente.

Passadas décadas, ainda sinto náusea quando penso naquele episódio e tento, sem conseguir, entender a motivação. De qualquer modo, sempre que a mídia anuncia novas delações premiadas, eu dou uma espiada. Pode ser fantasia minha, mas que ele tem o perfil, ah, isso ele tem. E nem precisaria maquiar o caráter.

A reconciliação

Sempre que vai começar uma turma nova na faculdade se instala uma ansiedade mal disfarçada, porque não há como antecipar o nível de aceitação e o grau de empatia que se estabelecerá, ou não, com os desconhecidos que substituirão a turma anterior, que recém partiu deixando a saudade dos afetos sedimentados. Naquele fevereiro, finalmente chegou uma turma anunciada como terrível pelos professores que me antecederam, e não havia nenhuma dúvida: com aquele grupo seria diferente. As roupas extravagantes, as bermudas coloridas, o jeito displicente de se sentar, os pés apoiados nos braços das cadeiras da frente, tudo corroborava a fama construída com as outras disciplinas, e claramente havia um ar de desafio no somatório das atitudes.

A experiência recomendava que alguma medida agressiva fosse tomada antes que a relação incipiente degringolasse. E então o impulso:

– Alô, pessoal. Afora a pretensão de ensinar os preceitos básicos da cirurgia torácica, tenho uma curiosidade sobre o tipo de aluno que atualmente procura a nossa universidade, depois que os variados critérios de seleção têm trazido para cá candidatos mais diferentes em formação e origem. Para responder a essa questão, gostaria que vocês assumissem aqui na sala de aula a mesma postura que adotam nas suas próprias casas, e rapidamente saberei da raiz social de vocês.

A transformação foi instantânea. Sem tempo de organizar a resposta diante da provocação, todos assumiram uma postura condigna com estudantes de nível superior de uma universidade federal, e a imagem da marginália incontrolável desapareceu. Foi uma das melhores turmas que já tive, o que aliás era previsível: esses tipos "marca diabo" em geral são inteligentes e, dado um destino à rebeldia desorientada, revelaram-se criativos, determinados e solidários, contribuindo muito com alguns programas que desenvolvemos na área da doação de órgãos.

Gabriela foi a exceção. Apática o tempo todo, era a única que se mantinha enfarada com as histórias mais divertidas. Tentei de várias maneiras incluí-la nas discussões de casos, mas as respostas eram sempre curtas e evasivas. Já desistira de conquistá-la quando morreu a Marly, uma menininha linda, transplantada de pulmão. Constatado o óbito, desci da terapia intensiva para o anfiteatro, arrastando o peso da perda e submetido ao massacrante compromisso de fazer o que tem que ser feito, na hora marcada e do melhor jeito que se possa fazer, ainda que a vontade fosse sair correndo e ruminar a dor em silêncio em algum canto escondido. Mesmo com todo o esforço, o assunto daquele dia me pareceu muito chato: não consegui dar uma aula mais do que medíocre, e fiquei aliviado quando terminamos, os alunos levaram o burburinho para o corredor e foram embora.

 Gabriela ficou para trás. Insistia em colocar na mochila um caderno de capa grossa que parecia determinado a não passar pelo abertura do zíper. Quando me preparava para desligar o projetor, ela finalmente falou:

 – A sua pose de superprofessor bem-sucedido sempre me chateou. Não sei o que balançou a sua coroa e duvido que os seus queridinhos sorridentes tenham percebido, mas hoje descobri que você pode ficar triste como eu. E, já que ficamos parecidos, se houver alguma coisa que eu possa fazer para ajudar, conte comigo.

 Quando ela desfez o abraço carinhoso, mal consegui agradecer. Por juízo precipitado, quase perdi o doce afeto daquela reconciliação.

Os que se deviam amar

Quando o professor João Gomes Mariante, encantado com a personalidade desconcertante de Getúlio Vargas, com quem tivera o privilégio do convívio, resolveu revisitar as circunstâncias emocionais do seu suicídio, tivemos a certeza de que um livro imperdível estava a caminho.

Convidado a prefaciar o ensaio em que ele, com extrema sensibilidade, disseca os meandros recônditos de um ser que nunca se deu a conhecer integralmente, aceitei embarcar nesse projeto fascinante, sentindo-me mais desafiado e seduzido do que qualificado.

Constatei que, mesmo sem uma percepção clara, eu também tinha sido cooptado por esse personagem que entrara na minha vida quando eu tinha uns cinco anos de idade. Numa época de ideologias inflexíveis e convicções políticas pragmáticas, recordo o quanto me impressionou saber que meu amado avô materno rompera relações com sua única irmã, que, ao contrário dos irmãos homens, era getulista fanática, e meu avô nem falava com "esta gente do PTB"! A ideia que eu tinha de família não comportava esse tipo de dissidência afetiva, e aquilo me marcou profundamente.

Lembro, com a clareza que só a excitação extrema é capaz de incrustar na memória de uma criança, a manhã memorável de 24 de agosto de 54: minha mãe, ao ouvir pelo rádio a notícia de que Getúlio se suicidara, perguntou-me se eu era capaz de cavalgar até a fazenda do meu avô para contar-lhe a novidade. Disse que sim e, na empolgação incontida de oito aninhos, parti na minha primeira e inesquecível expedição solo. Como a imagem que eu tinha de cavalgada era muito influenciada pelos filmes de faroeste, galopei até a fazenda de um tio que ficava exatamente a meio caminho e lá, depois de passar-lhes a notícia, fui advertido de que, naquele ritmo, era provável que minha égua branca morresse estafada antes de completar o percurso. Mas o galope se impunha pela dupla excitação: levava latejando na garganta uma informação bombástica e no íntimo a expectativa carinhosa e doce de que, com a morte da discórdia, quem sabe a tia Amália, tão queridinha comigo, pudesse voltar a conviver com a gente. Nos dias que se seguiram, enquanto as multidões choravam a morte do Getúlio, eu procurava sinais de uma reconciliação que nunca ocorreu. Aprendi naquela época que o ódio entre pessoas que se deviam amar é sempre mais áspero, duradouro e definitivo.

Quando recuperei o interesse por Getúlio como essa figura inigualável da história brasileira, já era adulto, e então passei a ler tudo o que encontrei sobre a sua tumultuada biografia. Com esse preâmbulo afetivo, a atração mais do que inevitável foi obrigatória, porque aquele homem pequeno, matreiro, com uma sabedoria política intuitiva, dono da resposta inesperada e desconcertante, sempre me pareceu merecedor de admiração e inveja de quem privilegia inteligência e sagacidade na seleção das pessoas cujo convívio vale a pena.

 À semelhança da maioria dos suicídios, o dele foi antecipado em inúmeros momentos em que ele se sentiu diminuído, abandonado ou traído. E, por fim, ele cumpriu o que parecia ser uma mera chantagem emocional, deixando o Brasil com sentimento de culpa por não ter percebido o tamanho do seu desconsolo a tempo de confortá-lo. Constrangidos de tê-lo abandonado a uma solidão intolerável, os seus amados preferiram ignorar sua derrota como um ser humano sofredor e trataram de ungi-lo à condição de herói nacional. Foi por isso que se chorou tanto pelas ruas e avenidas do país naquele fatídico mês de agosto, cuja memória anda em círculos no coração dos que o amaram. E foram muitos.

Tristeza não tem fim...

As circunstâncias da vida, que os pacíficos atribuem ao destino, podem fazer com que um indivíduo crescido na miséria extrema perca gradualmente o alento para a indignação e passe a aceitar os atropelos da vida com uma naturalidade inconcebível e chocante. Isso que J.G. de Araújo Jorge reconheceu como o drama das pessoas que, "de tanto perder, quando chega o dia da morte já nem têm mais o que morrer".

Semana passada, convivi com um paciente que é o símbolo da nossa pobreza social: uma vítima de silicose, essa doença mutilante que escancara o desapreço com que as questões elementares de respeito ao ser humano são tratadas no nosso interior. Tal enfermidade, evolutiva e fatal, destrói os pulmões pela inalação repetida de pó de pedra e mutila milhares de infelizes trabalhadores braçais, que buscam a sobrevivência cavando nas minas de carvão, de pedras preciosas ou simplesmente perfurando poços artesianos, sem qualquer tipo adequado de proteção.

Ouvindo-o relatar a sua história de perda sucessiva dos irmãos com a mesma doença, facilmente evitável pelo simples uso de uma máscara efetiva, o que mais chamava a atenção era o conformismo com que ele descrevia a aceitação dos riscos, condicionado que estava a aceitar a miséria sem protesto e o destino sem redenção. A construção de uma vida indigna era mera consequência de gerações de ancestrais vitimados pela pobreza genética, que molda comportamentos pusilânimes e sepulta os sonhos mais primitivos. Não por acaso, a preservação da capacidade de indignação é considerada um dos mais confiáveis índices de desenvolvimento social.

Ao vê-lo ofegante, com os olhos sem brilho porque há muito perdera a esperança, não consegui dizer-lhe que o transplante pretendido e pelo qual fora encaminhado do Ceará era uma utopia – porque, se for alcançado, ainda tenderá ao fracasso pelas más condições de habitação, higiene e saneamento em que vive. Há alguns anos, numa situação semelhante em que atendia um nordestino jovem, também vítima de silicose e que também já perdera três irmãos da mesma doença profissional, estupidamente perguntei se ele não pensara em fazer outra coisa, considerando o que ocorrera com seus irmãos, e ele me impôs o castigo que mereci ouvir pela alienação:

– O problema, doutor, é que no sertão nós somos muitas vezes obrigados a escolher entre a fome e a falta de ar. E acabamos escolhendo a falta de ar, porque a fome mata mais rápido!

Deprimente dar razão aos estrangeiros que, ao assistirem ao meu relato em Zurique sobre a experiência brasileira em transplantes pulmonares por silicose, confessaram-se pasmos com um país que não consegue oferecer o cuidado elementar da prevenção, mas, depois que os pulmões estão destruídos, dá a impressão de que se preocupa com eles ao oferecer-lhes um tratamento da complexidade e do custo de um transplante. Que estranho país, esse!

Foi doloroso pensar naquele brasileirinho arfante que, como um zumbi, se arrasta pelas ruas por culpa de um sistema miserável, que não tem o mínimo apreço pelos seus cidadãos, mas que se perpetua pela nossa indiferença e permanente omissão. Difícil pensar no metrô da Venezuela e no porto de Cuba sem sentimento de culpa!

Uma questão de caráter

Oscar Wilde definiu ética como aquilo que fazemos enquanto os outros estão olhando, porque o que fazemos quando estamos sozinhos se chama caráter.

Isso posto, vamos trabalhar uma situação hipotética: você convive esporadicamente com um tipo gentil, atencioso com as pessoas e colaborativo quando publicamente solicitado, de quem nunca se ouviu falar nada que o denegrisse. Por falta de oportunidade ou por interesses divergentes, não houve nessa sua relação qualquer interface com dinheiro. Você classificaria esse indivíduo como: a) potencialmente honesto; b) potencialmente desonesto; c) uma incógnita; ou d) a retidão personificada?

Se a sua resposta não foi c, provavelmente lhe falta um pouco mais de rodagem, mas parabéns pela boa-fé – afinal, alguém já disse que podemos nos quebrar confiando demais, mas seremos muito amargos se não confiarmos o bastante.

Agora, vamos avançar com modelos reais e decidir qual deles lhe serviria para sócio – ou, numa versão mais intimista, para cunhado. E, por favor, que ninguém nem de longe imagine que estou considerando os *meus* cunhados.

Arnaldo é um brilhante e festejado neurocirurgião de uma grande universidade. Recebeu uma família classe média do Nordeste que lhe trouxe o filho adolescente com um grande aneurisma roto. A cirurgia devia ser realizada no mesmo dia, porque havia sinais de aumento da pressão no crânio que poderia resultar em morte cerebral. Com a família rezando na capela do hospital, veio a notícia pela secretária: o custo da operação era de R$ 120 mil em dinheiro vivo e pagos antecipadamente. Como ninguém na família tinha experiência com assalto bancário, quando anoiteceu a busca desesperada por dinheiro emprestado seguia protelando perigosamente a operação salvadora.

Já o Aristeu trouxe a Maria Jane para Porto Alegre para incluí-la em lista de espera para um transplante de pulmão, único caminho para livrá-la da morte certa por uma fibrose progressiva. Depois de dois anos sem conseguir um doador compatível com seu tipo sanguíneo raro e com o quadro clínico escapando do controle, procurou o coordenador clínico do grupo para saber da possibilidade de se fazer um transplante com doadores vivos, e antecipou que dois primos estavam dispostos a doar. Foi-lhe recomendado que acionasse judicialmente o seu plano de saúde, porque o transplante com doadores vivos não consta da tabela de procedimentos do SUS. Ele concordou e assinou os termos correspondentes em que aceitava os valores estipulados. Dias depois, nosso Aristeu, com a mesma cara serena do pedinte humilde, surpreendeu a todos com um mandato judicial em que o magistrado improvisou o que chamou de "códigos por semelhança" e ordenou que o transplante fosse feito pelo SUS. E que naturalmente não será pago por ninguém, nem pelo SUS. Claro que ficamos felizes com a respiração irretocável que a dona Maria Jane ganhou por um procedimento tão complexo que só é feito em um único hospital no hemisfério sul, mas, em nome da dignidade, tinha que ser assim?

Quando o Aristeu se aproximou para pretensamente agradecer, dizendo-me que eu não posso morrer nunca porque muita gente depende de mim para viver, eu tive muita pena da sua ilimitada pobreza, a mesma que deve ter embalado o Arnaldo enquanto esfregava as mãos ávidas à espera de que a pobre família nordestina catasse aquele monte de dinheiro que salvaria o filho amado.

Muito bem, os modelos estão lançados: Arnaldo ou Aristeu, qual dos dois elegeria para cunhado? Enquanto aguardo as respostas, vou agradecer aos meus por serem como são!

Vamos dançar?

O quanto é recomendável saber do que preferiríamos ignorar? Nosso jeito de lidar com notícia ruim é completamente individual. Coloque dez pessoas numa situação de ameaça real e provavelmente terá dez comportamentos diferentes, desesperados vários, equilibrados uns poucos, bizarros outros tantos.

A arte médica consiste em investigar com delicada sutileza o quanto, de fato, o paciente quer saber, dando-lhe o sagrado direito da negação, sem jamais fechar a porta do diálogo franco se essa for a improvável opção.

Se os comportamentos são individuais, as abordagens devem seguir o mesmo caminho, o que significa não existir um jeito mais adequado de contar o que ninguém escolheria ouvir.

O velho professor de medicina interna tinha um câncer de mama, um tumor relativamente raro em homens e de comportamento invariavelmente mais agressivo. Precocemente, surgiram nódulos subcutâneos que se estenderam para o ombro e desceram pelo braço, numa rápida disseminação da doença. Enquanto o examinava, ele comentou:

– Nestes anos todos de prática médica, nunca vi alguém, na minha idade, desenvolver tantos lipomas em tão pouco tempo!

Como a questão podia ser um teste, improvisei uma resposta ambígua:

– Nessa nossa profissão a gente não cansa de se surpreender!

Gratidão? Tolerância? Surpresa disfarçada? Não consegui decifrar aquele sorriso enigmático. Mas, por prudência, nunca mais tocamos no assunto, e daí em diante nos socorremos da paixão mútua que tínhamos pela biografia de Churchill para fomentar diálogos menos traumáticos.

O exercício da negação é universal, ainda que algumas civilizações tenham uma postura mais assumida e corajosa, mas, aos olhos latinos, incompreensivelmente rígida. Herbert recebeu do neurocirurgião, pouco afeito a rodeios, a informação de que seu tumor cerebral era irressecável e, ao questionar, ouviu com todas as letras que a expectativa de vida era muito curta. Quando entrei no quarto, duas horas depois, ele jogava xadrez e amiúde alertava a esposa de que era a sua vez.

Na fase da revolta diante do imponderável, é comum o protesto contra a divindade de plantão, seja lá qual for a forma do Deus disponível. Lembro do Igor, um alemão de cabelo ralo e um sotaque e tanto, que ameaçava Deus com assustadoras formas de vingança depois que lhe foi comunicado que tinha um linfoma, mesmo reiterado de que era uma neoplasia com enorme potencial de cura.

Já o Alencastro conheci com uma metástase pulmonar de um sarcoma de tíbia que impusera, três anos antes, uma amputação logo acima do joelho. Usava uma prótese de perna à qual se habituara a ponto de não se perceber, pela leveza de movimentos e pelo rápido retorno à dança, uma paixão da sua vida. Foi operado do pulmão e ficamos amigos. Sua abnegação e resiliência eram comoventes

Quando já se supunha curado, foi surpreendido com uma recidiva do tumor no coto amputado. Fui visitá-lo em outro hospital. Estava sentado no sofá com a perna exposta e a prótese apoiada na parede, submetida à humilhação do abandono. Com razões de sobra para um rosário de queixas, justificadas todas, ele estava pronto para recomeçar:

– Veja, doutor, a sorte que tive de Deus ter-me dado uma perna tão comprida que, mesmo depois de nova amputação, ainda vou poder voltar a usar prótese. Ele deve saber que eu ainda tenho muito pra dançar!

Acertando as contas, sem pressa

A julgar pela quantidade de textos e filmes inspirados nela, somos forçados a admitir que a vingança é um dos sentimentos humanos mais ricos. Condenada pelas religiões e censurada por todos os códigos de ética, ela é poderosa, polêmica e, às vezes, sedutora.

Maquiavel recomendou que se evitassem pequenas ofensas, essas que se multiplicam em picuinhas. E que, se você quisesse de fato magoar alguém, devia fazê-lo com tal intensidade que não tivesse mais razões para temer a vingança.

John Kennedy, de formação católica, ensinou que devemos perdoar nossos inimigos, mas, como tinha ambições políticas, considerou prudente que não esquecêssemos seus nomes.

Os partidários do esquecimento como resposta à mágoa que poderia inspirar uma vingança são superiores em espírito porque estão convencidos de que a indiferença maltrata nossos desafetos mais do que qualquer ofensa e não envolve o absurdo gasto de energia necessário na elaboração da revanche.

Epicuro até reconheceu que "a justiça é a vingança do homem em sociedade, enquanto a vingança é a justiça do homem em estado selvagem".

Mas que existem vinganças criativas e didáticas, ah, isso não dá para negar.

Cleomar trabalhava num curtume na serra gaúcha desde os treze anos, numa época em que trabalhar, em qualquer idade, era considerado profilaxia do vício e da malandragem sem os entretantos da modernidade. Tendo completado dezoito anos, foi convocado para o Exército – o que provocou pânico na família, da qual era arrimo e único filho homem. A mãe, viúva, doente renal crônica, gastava três dias da semana fazendo diálise e os outros quatro quase sempre acamada, consumida na prostração da anemia crônica. Arrastou-se em súplicas, mas não convenceu o coronel, que achava que a pátria era a mãe mais importante. Atravessou então a invernada grande e bateu à porta de seu Aristeu, o maior estancieiro da região, um tipo curioso que reunia duas características opostas e conflitantes: era latifundiário por herança e comunista por convicção. A história ia começar com um soluço, mas o velho a interrompeu:

– Desculpe, dona, mas a senhora vai ter que se segurar porque choro de mulher me embaralha os julgamentos.

Escutou-a em silêncio e então resumiu:

– Quando Gervásio, seu marido, quebrou o pescoço aqui na fazenda, onde trabalhou por quase trinta anos, eu perdi o homem mais fiel e trabalhador que já conheci. Naquele dia, percebendo que ia morrer, ele me fez um único pedido: não me deixe as crianças passarem necessidade! Então, está resolvido: durante o tempo em que o menino estiver no Exército, eu sustento a sua família e cumpro a promessa que fiz ao Gervásio, mas com uma condição: esse coronelzinho não pode saber da minha ajuda. Esse tipo muito me perseguiu no tempo da ditadura, e acho que está na hora da vingança. Deixe que eu espalho por aí que a sua família passa fome por causa dele. Um pouco de remorso talvez amacie o lombo daquela peste!

Anos depois, quando operei o seu Aristeu, ouvi dele essa história, narrada em detalhes maliciosos e um permanente sorrisinho de quem pagou a sua dívida de gratidão, sem perder a oportunidade de se lambuzar no pote da vingança.

Assim fica difícil

Duas semanas depois de o professor Adib ter assumido o Ministério da Saúde, encontrei-o em Congonhas. Curioso, perguntei:

– E como é ser ministro?

– É uma sucessão de descobertas, e a pior delas é que ministro manda menos do que se imagina!

Aprendi com ele que, se o segundo escalão estiver contra um projeto do ministro, qualquer que seja o projeto, vai emperrá-lo, porque para todas as propostas haverá sempre uma filigrana burocrática capaz de impedi-la ou protelá-la à exaustão. E tudo dentro da lei.

Raul Cutait é uma cabeça privilegiada, com uma praticidade exuberante e uma liderança inconteste. Anunciado o convite para assumir a Saúde neste futuro ministério, houve uma euforia na Academia Nacional de Medicina, onde aprendemos a admirá-lo. Quinze minutos depois, começaram os questionamentos: "Como um tipo que tem opinião será tolerado nesta gororoba ideológica? Será que eles sabem que o Raul não abre mão do que acredita por nada no mundo? Seria ótimo que tivéssemos um ministro que conhecesse Saúde e tivesse um projeto de recuperação, amadurecido em anos de reflexão e trabalho, mas será que estamos prontos?".

O anúncio subsequente foi emblemático: ele só aceitaria a nomeação se as escolhas de integrantes de todos os escalões passassem por ele. A revolta foi imediata, e o presidente do PP, que o indicara, foi logo comunicando que continuaria amigo dele, mas assim não dava. Impossível fechar porta para todos os conchavos e apadrinhamentos. Como justificar aos amigos que seus indicados tinham sido preteridos só porque eram incompetentes ou inexpressivos? Em que planeta habita esse tipo que acha que competência é imprescindível no serviço público?!

Com o PMDB lambendo os beiços, de olho num ministério com dotação bilionária, o PP prontamente reformulou a sua proposta, com a sugestão do nome de um deputado, advogado por formação, mas provavelmente com grande afeição pela Saúde.

Com esse nível de discussão, uma única certeza: a saúde pública brasileira não vai conseguir piorar. Não enquanto o fundo do poço for o limite.

O risco de ser Charlie

Quando o cartunista dinamarquês ironizou o profeta Maomé, há alguns anos, ficou evidente que havia uma provocação com intenção de estabelecer limites de tolerância. Por aquela brincadeirinha, muitas pessoas morreram – e seu governo ainda gasta fortunas para mantê-lo distante da sanha dos ofendidos. A lição que se esperava aprendida: os muçulmanos não respondem a ofensas com versos.

É provável que aos destemidos esse sinal amarelo tenha acrescentado estímulo à continuidade, porque agora havia um risco a enriquecer o desafio. Mas o direito à liberdade de expressão não podia ter ignorado a advertência. Podia, sim, admitir que esse era um risco calculado, um tipo de energia que tem incontáveis adeptos, seja em práticas euforizantes como o alpinismo ou degradantes como o tráfico de drogas.

De uma civilização que amputa a mão ladra não se pode esperar a mesma benevolência dos que concedem liberdade ao político corrupto que desvia a verba da merenda escolar. É um exagero de otimismo imaginar que a caricatura do seu líder religioso sentado no vaso ou com a genitália exposta possa divertir uma sociedade que apedreja adúlteras. Então, tudo se pode dizer da chacina que abalou a França e chocou o mundo ocidental, menos que ela era imprevista.

Da mesma maneira o traficante que preferiu abandonar a tranquilidade da porta das escolas brasileiras, onde tudo é permitido sem risco maior do que prisões fugazes, e buscar o tráfico na Indonésia, onde a perspectiva de lucro é muito maior, mesmo sabendo que lá a pena de morte é uma promessa sempre cumprida. Mas de novo o desafio do risco calculado é provocador.

Fiquei pensando na dor da pobre tia, substituta de afeto da mãe falecida, apelando aos sentimentos humanitários de seus governantes que, se chegaram a contatar Jacarta, o fizeram constrangidamente, pois, precisamos admitir, a causa não era das mais nobres. E me condoí com a inutilidade do seu amor desperdiçado.

Porque a chance de sucesso daquele apelo era tão improvável quanto a de recuperar um traficante de 53 anos, ainda que se saiba que os pais nunca desistem de transformar os filhos em criaturas melhores do que, de fato, jamais serão.

A construção do país

É certo que votar, como exercício democrático, tem um efeito euforizante, e isso não se deve unicamente à percepção de que podemos escolher os melhores candidatos e à chance pequena, mas real, de contribuirmos para fixar ou mudar a cara do país.

Muito mais está em jogo quando antecipamos a saída da cama naqueles domingos mágicos e marchamos resolutos para deixar nossa mensagem, seja ela de apoio, de aplauso, de protesto, de indignação ou de esperança.

Há um sentimento de poder que brota incontrolavelmente do íntimo de cada eleitor, capaz de insuflar o ego dos combalidos e de restaurar a autoestima daqueles que se sentiram esquecidos ou injustiçados. Essa sensação é suficientemente poderosa para atribuir a um único voto uma força que a racionalização tenderia à pulverização no universo de milhões de votantes.

Não importa que estejamos restritos à insignificância de um voto isolado. No fundo, nos sentimos desassombrados e imbatíveis como se estivéssemos convencidos de que aquela eleição será decidida por aquele unzinho solitário, mas nosso. Quando o João Pedro, meu neto de treze anos, interrompeu a concentração com que acompanhávamos a apuração dos votos para anunciar com brilho no olho que "na próxima eleição eu vou votar!", ficou claro que esse sentimento de depuração cívica não tem idade nem limite.

Uma pena que, principiantes que somos em democracia, ainda não tenhamos desenvolvido o senso crítico da verdadeira cidadania, que elege candidatos por convicção e cobra promessas por se sentirem ofendidos quando o falsário, tendo percebido o que o povo deseja ouvir, anuncia sem escrúpulos uma versão falaciosa do desejo, como se fosse verdadeira.

Claro que pilantras existem em todos os lugares e latitudes, mas a diferença é que, nos países civilizados, eles são execrados e não se repetem, enquanto o subdesenvolvido festeja o vigarista como inteligente, recebendo como bônus dos nanicos morais os sebosos elogios dos que confundem pilantragem com esperteza política. Ao vê-los garbosos festejando conquistas que não mereceram é inevitável imaginá-los tentando sufocar, na solidão do travesseiro, a consciência do que, de fato, são.

Com a proximidade das eleições, a busca obstinada pela conquista ou pela perpetuação do poder faz com que os tênues resíduos de escrúpulo sejam definitivamente banidos. Pululam as promessas, ancoradas pela boa-fé dos incauto e blindadas do risco de cobranças futuras pela certeza de que os inocentes têm memória curta.

Quando você caminhar para uma urna, pense nisso: nós merecemos o país que construímos em cada eleição. Quem vota em branco ou anula o voto está apenas anunciando a imagem que tem de si mesmo. E cidadania não se constrói com omissão, porque não é esse o modelo que devemos passar aos nossos filhos e netos, enquanto eles aguardam ansiosos pela idade que trará a senha de acesso ao encanto da livre escolha.

Sensibilidade intuitiva

As relações humanas devem ter um componente de afeto, ou pelo menos se espera que tenham. Claro que a interpelação de um agente penitenciário não pode se equiparar à abordagem de uma assistente social, mas, abstraídas as circunstâncias extremadas, as interações de pessoas civilizadas precisam ser ungidas de algum grau de empatia.

Em algumas situações, e a relação médico/paciente é o modelo de exigência nesse quesito, há necessidade premente de solenidade. Não se pode esperar prosperidade afetiva de uma relação que foi banalizada no primeiro contato pelo atropelo de uma das partes.

Tenho insistido nisto nas conversas com estudantes e residentes: preparem-se para essa aproximação com o reconhecimento de que na ponta mais vulnerável da conexão está uma criatura fragilizada pelo sofrimento e com todos os sensores ligados. Por consequência, não pretendam resgatar uma relação que tenha começado mal.

Numa noites dessas, fiz uma conferência sobre "A humanização que qualifica" num grande colégio e discorri sobre a necessidade que o médico tem de dimensionar com inteligência o conflito de sentimentos que envolve de um lado um profissional cumprindo a sua rotina (e a rotina, como aprendemos, é corrosiva das relações afetivas) e, do outro, um paciente assustado com a percepção da sua própria finitude. No final da conferência, fui abordado por dois jovens na idade da indefinição, aquele tempo que cursa entre o fim da puberdade e a vida para valer. Havia naquelas caras, limpas e ingênuas, a grande curiosidade de quem está consumido pela ânsia de ser muito e ainda não tem ideia do quê. Fiquei encantado com a inteligência e a objetividade da dupla e saí com a certeza de que, quando se decidirem, não importa o que for, serão.

Dias depois, recebi um e-mail da mãe de um deles, relatando o impacto que a conferência causara no filho e contando uma história reveladora: ele aprendera instintivamente a importância da solenidade nas relações humanas, sem que ninguém lhe ensinasse. Com três anos e sete meses, sua pediatra solicitara uma ecografia abdominal. Estava ele deitado, com a barriga exposta, na semiescuridão da sala de exame, à espera do médico e vigiado à distância pela mãe. De repente, entra o doutor, de olho fixo no monitor, e, sem dizer palavra, coloca o gel sobre a pele do abdome e começa o exame. Passado um minuto, ele resolveu participar do evento, porque afinal era o dono não só da barriga, mas também das porções que estavam acima e abaixo da área do exame: "Olá, eu sou o Artur!". E então, por iniciativa de uma criança desconfortada com a solidão, a indispensável interação humana finalmente entrou em marcha.

Agora que já incluí o Artur no rol das minhas histórias, fiquei com vontade de requisitá-lo para uma monitoria na Faculdade de Medicina.

Os intuitivos, como se sabe, são os melhores didatas.

O longo caminho da civilidade

Não tem jeito: a construção de uma sociedade civilizada é um processo longo, demorado e, às vezes, francamente exasperante.

Meu primeiro contato com o mundo do lado de lá foi bem constrangedor. Tinha recém chegado a Rochester, uma cidadezinha do meio-oeste americano, para um estágio de pós-graduação na famosa Clínica Mayo, e atravessei uma ruazinha quase deserta, em diagonal, ignorando a faixa de segurança. Quando alcancei a calçada oposta, fui recepcionado por um guarda que me recebeu como a um ET, explicando que esse comportamento era inaceitável. Uma velhinha que se aproximava ouviu a admoestação e fez a cara universal de "bem feito".

No Brasil de hoje, algumas cidades, mais do que outras, adotam condutas de civilidade que se transformam em marcas registradas e são exercitadas com determinação e um certo orgulho por seus cidadãos, constrangendo os violadores. Experimente, por exemplo, jogar um papel na rua em Curitiba e você vai ser tratado como um suspeito de pedofilia numa reunião de pais e mestres.

O certo é que nesses lugares, por um processo educativo continuado, o comportamento se modifica, e todos passam a colaborar, no mínimo para evitar o vexame. Na média, entretanto, seguimos desconsiderando normas elementares de convívio, e na maioria das grandes cidades brasileiras ninguém respeita regras de trânsito – a única razão para alguém não atravessar as ruas por entre os carros em movimento, provavelmente, é o medo de ser atropelado por algum motoqueiro apressado.

Se alguém quiser avaliar o nosso verdadeiro nível de civilidade, passe uns dias num grande balneário. Com cuidado, porque depois das férias você precisa voltar a trabalhar para seguir pagando os impostos. Como nas férias as pessoas se sentem assumidamente mais liberadas, esse é o momento e o local para se descobrir o quão civilizados, de fato, somos. As camionetes enormes, ruidosas e cafonas são visivelmente adaptadas a um esporte muito radical: a caçada a esses pedestres desentendidos que pretendem ignorar que as ruas têm dono. E o ruído estridente dos supermotores representa claramente uma primitiva demarcação de território entre a tribo dos poderosos donos da rua e os tímidos que tentam atravessá-la com a instabilidade de chinelas de dedo.

Sentado à beira da praia, deliciado com um milho verde, não consegui ignorar o ruído das motos, aceleradas no limite, sempre que o garotão vislumbrava uma menina bonita. Mas será que não existe uma maneira mais civilizada de atrair a fêmea, considerando o quanto é pequena a probabilidade de que ela, além de linda, seja surda? E qual é o objetivo de intimidar os pedestres que eventualmente dão um passo na rua porque a calçada está superlotada? Que necessidade mais estúpida de afirmação. Soube que, quando se aproximam as férias, as prefeituras mandam repintar as faixas de segurança. E para que servem? Aparentemente, só para registrar com precisão o local onde os distraídos serão atropelados!

E se esse comportamento se extravasa na praia, onde todos estão teoricamente dando um repouso aos seus tacapes, é fácil entender a agressividade da vida urbana, quando voltam à pressa, à competição e ao exasperante tempo perdido nos engarrafamentos. Das ruas e da vida.

O peso da decisão

A maioria das pessoas renuncia a qualquer cargo de direção para escapar do dilema de decidir – e transita leve e solto pela planície dos que têm quem decida por eles. Quando se pretende poupar alguém dessa angústia, é comum que se criem comissões que servem apenas para dar ao líder, que circula entre eles, a ilusão de que a escolha final será compartilhada. Nunca é, porque mais de uma cabeça significa mais de uma opinião e, no final, alguém precisa desempatar – e de novo o infeliz estará solitário como sempre esteve desde que o elegeram chefe.

Relendo *O mais longo dos dias,* que descreve a maior invasão armada da história, que marcaria o início do fim da Segunda Guerra Mundial, me condoí com o sofrimento visceral do general Dwight Eisenhower, escolhido comandante supremo da operação determinada a mudar a história da humanidade, para o bem ou para o mal. Tudo tinha sido meticulosamente planejado para que o elemento surpresa compensasse as enormes fortificações construídas pelos nazistas para barrar a entrada dos invasores. As praias francesas da Normandia foram escolhidas como local de acesso por serem consideradas o ponto menos provável em toda a costa. Havia rumores de que a invasão se aproximava, e então desabou um temporal. As previsões meteorológicas eram tão assustadoras que os alemães baixaram a guarda: ninguém era maluco de se jogar no mar com um tempo daqueles. A descrição do general caminhando solitário na costa da Inglaterra é comovente. De um lado, a necessidade de aproveitar a lua cheia, indispensável à descida dos milhares de paraquedistas e que expiraria em dois dias. Do outro, a tempestade ambivalente: ao benefício de surpreender o inimigo estava atrelado o risco potencial de devastar a sua própria armada, composta por 5 mil navios que cruzariam o Canal da Mancha sacudidos por ondas gigantescas.

A decisão temerária, mas acertada, de invadir pôs um fim ao delírio hitlerista, mas ninguém sofreu mais do que Eisenhower – que, depois de uma protelação angustiante de 24 horas, com os soldados vomitando as tripas nos navios ondulantes, ordenou que invadissem. Fácil imaginar o alívio dele quando ficou evidente que a vitória dependera da aposta no improvável. É sabido que a angústia não é a melhor conselheira, mas muitas vezes a ansiedade precipita a decisão quando se chega ao ponto de se preferir o erro e a culpa ao convívio indefinido com a dúvida e a covardia.

No fundo, consideradas as proporções absurdamente diferentes, todos temos as nossas batalhas particulares com decisões que podem marcar o destino das nossas vidas e das pessoas que apostaram que, na hora certa, saberíamos o que fazer.

Os membros do comando militar mencionaram que o general pareceu muito estranho naqueles dois dias, certamente esmagado pela descoberta de que as decisões mais importantes são intransferíveis exercícios da mais absoluta solidão. Um coronel relatou sua surpresa ao vê-lo caminhando sozinho na praia e gesticulando como se estivesse pedindo ajuda. A maioria das pessoas, terrificada pelo risco do fracasso, apela para forças que não consegue tocar, mas precisa acreditar que existam, para socorrê-la. Como um soldado que escreveu num cartão mandado para sua mãe junto com a medalha de herói: "Oh, meu Deus, Tu sabes que nestes dois dias estarei muito ocupado. Se eu me esquecer de Ti, por favor, não Te esqueças de mim!".

Uma lástima que Deus estivesse, Ele próprio, atarefado demais para atender a todas as súplicas.

O QUE PLANTAMOS

A sensação de poder exige do poderoso algumas virtudes. A mais importante delas é a perspicácia de entender que nesse terreno pantanoso nada é absoluto nem ilimitado.

Os poderosos inteligentes descobrem precocemente o quanto é fácil e admirável, nessa condição, o exercício da humildade. Ao contrário dos subservientes por necessidade, os poderosos seduzem quando deixam claro que o poder "não lhes subiu à cabeça".

Infelizmente, na maioria das vezes, a consciência da supremacia sobre seus pares gera comportamentos extravagantes e repulsivos que, como era de se prever, abrem caminho para a solidão e o abandono no futuro. Em algumas circunstâncias em que a duração da idolatria é preestabelecida, seja pelo tempo de mandato do homem público ou pela transitoriedade do apogeu físico do atleta ou do artista, mais se exige inteligência na semeadura de afetos respeitosos, ou não, que se reverterão, logo adiante, em agradecimentos ou retaliações. Negligenciar tal destino é negar a inflexibilidade de vida que só reserva para a colheita o que plantamos. A constatação tardia do fracasso na construção desse futuro explica as atitudes destemperadas de políticos pós-mandato e os altos índices de viciados em drogas entre ex-atletas e ex-famosos.

O Riograndino apresentou suas credenciais na primeira consulta. Tinha agendado o primeiro horário e, quando a secretária lhe perguntou se cederia a vez para um paciente dependente de oxigênio, que confessara o temor de que seu reservatório pudesse terminar antes de chegar em casa, ele simplesmente disse:

– O meu horário foi marcado com antecedência e não tenho nada a ver com isso!

Só soube dessa cena no fim das consultas, mas ela teria sido apenas um prenúncio da trajetória de desamor que marcou a passagem dele pelo hospital. A ostentação e o desapreço dedicados aos funcionários mais humildes encontraram ressonância na atitude dos filhos, que mantinham em relação a ele distância compatível com uma rigidez afetiva crônica. As referências elogiosas a mim sempre foram vistas com as reservas esperadas para uma relação em que um dos envolvidos estará anestesiado e o outro empunhará um bisturi.

A evolução pós-operatória foi ótima, a internação foi curta, não houve tempo nem motivação para que nos gostássemos. E não nos gostamos.

Foi só na terceira ou quarta revisão semestral que "conversamos" pela primeira vez. Empobrecera, e a mulher, bonita e mais jovem do que seus filhos, que apresentara como esposa lá no início, fora a parceira do quarto casamento e recentemente o abandonara. Não restava nada da arrogância antiga, e a necessidade de conversar era o preço da solidão. Nova e pungente. Ao sair, perguntou-me se podia me dar um abraço como agradecimento por tê-lo ouvido, e então senti uma dor por ele e cedi o abraço – não como quem simplesmente consola, mas como quem sente a necessidade aguda de compartilhar sofrimento.

Só percebi a volubilidade da minha opinião depois que ele partiu. Bastou uma confissão de abandono para que eu sentisse uma pena enorme e esquecesse o quanto aquela punição fora regada por uma vida de egoísmo e desamor. Talvez a minha comiseração tenha sido influenciada pelo pesar atávico que sinto dos ricos que viveram só para si e um triste dia descobriram, com desespero, que todo o dinheiro pode acabar antes que a vida termine.

Nada além de esperar

Quem trabalha com transplante está sempre margeando o desespero e o sofrimento, tentando dar naturalidade ao convívio com o aleatório, representado pela imprevisibilidade do tempo de espera por um doador compatível – que pode ser curto, demorar muito ou nunca chegar.

Sobreviver a tais incertezas nos ensina a buscar abrigo sob o grande guarda-chuva da esperança, que tantas vezes, nas idas e vindas de doações que prometem e falham, parece desabar.

Quando surge um doador potencial, enquanto se processam os testes finais de viabilidade do órgão e compatibilidade imunológica, é rotina que um ou mais possíveis receptores sejam chamados ao hospital e aguardem em jejum pela confirmação, resultando invariavelmente na alegria de um e na frustração de outro ou outros ao final de algumas poucas horas de previsível estresse. Sempre me comoveu a ansiedade dos pacientes que, consumidos por uma angústia atroz, certamente rezam divididos entre o medo do desconhecido e a esperança de sobreviver – e ali, de coração acelerado e peito arfante, mal conseguem ouvir as palavras de apoio dos familiares empenhados em confortá-los.

Uma das tarefas médicas mais difíceis é dispensar os que não foram contemplados para que voltem a suas casas e recomecem a massacrante espera por uma futura nova chamada, que abrirá a porta para outro ciclo de ansiedade e pode mais uma vez resultar em nada. Por mais que o médico discuta com antecedência essa possibilidade de expectativa frustrada, não há como realmente elaborar essa situação sem sofrimento.

A festejada disponibilidade do telefone celular tem facilitado para que receptores residindo longe do centro transplantador sejam chamados para que se ponham a caminho e aguardem instruções enquanto viajam. Fácil imaginar a ansiedade com que cada nova chamada do médico será atendida nessa circunstância. Um dos nossos transplantados só fez a viagem completa na quarta tentativa. Nas outras três, em diferentes pontos do caminho teve o seu sonho de ressuscitação temporariamente abortado. Numa dessas vezes, eu cumpri a tarefa desagradável de dar-lhe a má notícia e, quando tentava mantê-lo animado, fui interrompido:

– Não precisa me consolar, doutor: nada me anima mais do que confirmar que, de fato, eu estou na lista de espera, e minha vez haverá de chegar!

Conversava sobre isso com o Marcelo Cypel, um porto-alegrense que lidera com brilho reconhecido o programa de transplante pulmonar de Toronto, e ele contou-me que um paciente dele, que vivia a duas horas da cidade, foi chamado oito vezes para finalmente conseguir o transplante, já numa condição de reserva pulmonar muito precária. Na última das tentativas fracassadas, o Marcelo se aproximou para, de alguma maneira, justificar-se quando o paciente poupou-lhe do constrangimento:

– Não precisa se desculpar, doutor, eu continuo animado porque descobri que neste rio tem peixe!

Não há o que abata quem tem o sentimento universal da esperança – que, no sofrimento, só prospera no coração dos bem-amados. Esta junção de amor para dar e amor para receber os torna inquebrantáveis. Os médicos que se expõem ao drama dos pacientes, e inevitavelmente se comprometem com a ansiedade deles, sabem disso. E contam com isso.

O CLUBE DA BOA INTENÇÃO

Nada define melhor a grandeza de um país do que a eficiência da sua Justiça. Otto von Bismarck, o Chanceler de Ferro, ensinou isso a Sáenz Peña, que visitava a Alemanha no fim do século XIX. Querendo saber como era a Argentina, lhe fez apenas esta pergunta: "Como é a Justiça no seu país?". Contam que o presidente argentino teria voltado a Buenos Aires desapontado com a instantaneidade da entrevista, mas precisamos admitir que, em termos de objetividade, a questão encerra tudo o que interessa saber quando queremos classificar uma nação.

O Brasil, um país muito mais jovem, adolescente ainda em democracia e direitos humanos, tem se esmerado em mostrar um judiciário atuante, a ponto de em inúmeras pesquisas recentes ser rotulado como o mais confiável dos braços da República, o que não deve ser interpretado como sinônimo de excelência tendo em vista que a comparação é desmerecida pelas trapalhadas do Executivo e a escassez de dignidade média do nosso parlamento.

Entretanto, seguindo a sina nacional de não completar tarefa alguma, num culto deprimente ao meio-termo, a nossa Justiça tem esbarrado na constrangedora incapacidade de se fazer cumprir.

Não posso generalizar porque não tenho conhecimento de outros setores de atividade, mas na saúde estabeleceu-se a prática do mandato judicial inócuo. Um paciente, sentindo-se fraudado no seu direito de acesso à saúde como dever do Estado, entra com um mandado judicial, acolhido por um juiz que incontinente determina cumprir-se tal desígnio. A tarefa médica é executada, o paciente tem alta feliz da vida porque fez valer os seus direitos, e a instituição hospitalar é penalizada por uma amnésia muito conveniente de quem devia pagar. Mais injusto ainda é que esse tipo de punição recaia sobre os melhores hospitais, porque ninguém faria um esforço desses para ser atendido em instituições de segunda categoria.

Na área dos transplantes, a judicialização virou uma rotina: pacientes portadores de convênio descobrem, ao serem encaminhados para a cirurgia, que a Agência Nacional de Saúde Suplementar considera (sabe-se lá por qual critério) que os planos de saúde não precisam pagar transplante de fígado, coração, pulmão ou pâncreas. Em resumo, se o pobre infeliz que pagou plano de saúde a vida toda necessita de um transplante, mas errou na escolha do órgão doente, vai ter que encarar a precariedade do SUS. Percebendo que se trata de uma óbvia aberração legal, o paciente, sentindo-se prejudicado, entra na Justiça – e, como regra, o magistrado, com o senso de racionalidade intacto, ordena que o plano de saúde pague os custos do transplante. Depois de tudo o hospital se dá conta de que a remuneração insuficiente do SUS teria sido uma maravilha se comparada a um transplante gratuito, resultante da negativa do convênio em cumprir o mandado judicial.

Configura-se assim a Justiça do faz de conta, que, convenhamos, tem muito a ver com a cara do país, cuja construção será sempre vista como uma piada enquanto seus valores essenciais de compromisso e dignidade não forem levados a sério. A boa intenção é louvável, mas inútil se for inconsequente.

Um pedido de misericórdia

Não seria exagero algum dizer que a política é um exercício de tolerância com a prática civilizada da hipocrisia. E com direito à agudização em situações assumidamente decisivas e dramáticas, quando então todos os limites do ridículo são transpostos com uma naturalidade chocante.

Foi o que mais se viu no recente episódio do impeachment, de ambos os lados, com uma distribuição bilateral e simétrica de cinismo deslavado. Do lado do governo, a declaração de que a oposição só pensa em acabar com os programas sociais – como se esses programas já não estivessem fazendo água porque, em busca da reeleição, foram consumidas todas as reservas do tesouro mais os estoques dos bancos públicos e dos fundos de pensão, resultando nas tais pedaladas que envolveram números astronômicos. Como o mau gestor é incapaz de prever arrecadação para sustentá-los, vários programas com benefícios louváveis, como ProUni, Pronatec, Minha Casa Minha Vida e Bolsa Família, começaram a ter seus proventos ameaçados ou interrompidos. Se os petistas acreditam mesmo que destroçar a sétima economia do mundo não envolve crime de responsabilidade, dever-se-ia dar a eles o direito de concluírem o mandato, com a certeza de que a legião de desempregados que cresce exponencialmente se encarregaria de escorraçá-los antes do final desse desgoverno.

No fundo, o ex-presidente Lula sabe que agora, do jeito que está, não teria chance alguma, mas, se a "direita golpista" der uma equilibrada na economia (e ela já mostrou que sabe fazer isso), ele poderá voltar com toda a força em 2018. E vamos combinar que pedalada fiscal é mais fácil de esquecer do que falsidade ideológica, obstrução de justiça, tráfico de influência, triplex, sítios e essas inconveniências que, dizem, constam do pedido adicional de impeachment produzido pela OAB e que aguardaria engatilhado na gaveta do presidente da Câmara.

Pela oposição, o constrangimento de assumir que, em treze anos de governo petista, não foi capaz de gerar uma liderança confiável (umazinha que fosse!), tendo de se socorrer nesse processo dito redentor de uma figura escorregadia e sorrateira que, afora a dificuldade com o WhatsApp, é a expressão maior de um partido que de tanto se moldar às exigências do poder circunstancialmente disponível se tornou um aglomerado amorfo e pífio – como o aperto de mão do seu líder. As pessoas do bem, essas que sustentam o país com trabalho e produção, estão constrangidas em assumir que a busca de solução para o descalabro implantado pelo populismo desenfreado do PT depende do PMDB, uma bancada que não se ofende e nunca revela indignação, nem cogita dessas crenças que imponham convicção, firmeza e intransigência. Pelo contrário, o cuidado na prevenção de inimigos evitáveis parece ser parte fundamental do seu kit de sobrevivência, baseado no pressuposto de que, se todos poderão ser aliados no futuro, não há razão para brigar com ninguém no presente. A naturalidade com que o presidente da Câmara chamava para votar o próximo deputado, depois de ter sido chamado de ladrão, dá bem a ideia do que sobrou do país que pretendemos reconstruir para poupar nossos descendentes da vergonha que sentimos e deu todo o sentido ao clímax de hipocrisia quando ele clamou por misericórdia para o Brasil. Considerando a fonte invocadora, parece pouco provável que o pedido seja atendido, mas bem que precisávamos.

Depois do fim, o legado

A necessidade compulsória que sentimos de reverenciar Nelson Porto, todos os anos e sempre, traduz bem o quanto esta figura humana inigualável impactou a vida daqueles felizardos que tiveram o privilégio do convívio.

A celebração da sua morte foi um momento muito triste porque, pela primeira vez, ele não estava lá pra chorar no fim da homenagem. E nós choramos por ele, da saudade que já sentíamos e da falta que começamos a perceber nos últimos tempos e nunca mais conseguiremos resgatar.

Nascido para fazer a diferença na vida dos que tiveram a ventura de se acercar de sua presença, tornou-se o nosso líder natural, não apenas porque ele sabia mais do que todos, mas principalmente pelo modelo de honestidade científica, reconhecido por seus incontáveis discípulos nesta trajetória cronologicamente longa, mas afetivamente curta porque, insaciados, o perdemos com a sensação de que podíamos tê-lo explorado um pouco mais.

Compartilhados 47 anos, estou convencido de que estava certo quem disse que a educação é o que sobra depois que esquecemos tudo o que nos ensinaram, e não imagino reconhecimento maior do que enchermos o peito para citar alguém como o *nosso Mestre*, e todo mundo saber, sem perguntar, de quem estamos falando!

Lembro de uma tarde em que fui visitá-lo, e não sei o quanto para me agradar, mas ele tinha na mesinha lateral o meu último livro, que dediquei a ele, reconhecendo o esforço que fiz ao longo da minha vida para tentar imitá-lo, sem conseguir. Mas assumi que jamais ter desistido serviu para justificar-me. "Já li três vezes. Uma maravilha!" foi o jeito que ele achou de me afagar. E então, com uma reconhecida facilidade que tínhamos em comum, choramos.

Eduardo Galeano relata a saga de um pescador do litoral da Colômbia que um dia subiu ao céu e na volta contou que, visto lá de cima, o mundo é um mar de pequenos foguinhos. Cada um tem luz própria e não existem dois fogos iguais. Há fogos pequenos e grandes, e fogos de todas as cores. Existem fogos bobos que não iluminam nem queimam, mas há fogos loucos que enchem o ar de chispas e que ninguém consegue olhar sem pestanejar, e os que se aproximam, se incendeiam. Os incendiados de Nelson Porto transbordaram as redes sociais no dia da sua morte numa demonstração do carinho que todos nós ambicionamos merecer no fim da vida.

Nunca conheci ninguém que harmonizasse tão perfeitamente discurso e atitude, e para mim a maior herança desse grande Mestre foi a impagável lição de que é possível fazer da coerência uma condição de vida e exercê-la todos os dias, sem concessões. Obrigado, meu querido Mestre, pelo exemplo que tentaremos perpetuar, convencidos de que o seu maior legado foi esta vida de irretocável dignidade.

E prometa que não vai se irritar com a lerdeza mental dos seus novos parceiros. Eles estão apenas entorpecidos pelo marasmo da eternidade, mas logo logo vão perceber o fascínio de interagir com uma mente luminosa, recém--chegada, e cheia de novidades.

Até um dia desses...

O fascínio da diversidade

Quando René Favaloro, nos anos 60, decidiu que não lhe bastava ser médico rural no pampa argentino e decidiu ir à Cleveland Clinic, nos Estados Unidos, em busca de novos sonhos, encontrou Mason Sones, um radiologista negro do Mississipi que era tratado como um intruso entre a maioria branca do norte. Juntos, descobriram um jeito de estudar as coronárias, e isso abriu o caminho que a genialidade latente de Favaloro buscava. Nasceu assim a cirurgia de ponte de safena. Verdade que o motivo da aproximação deles foi menos nobre: um negro metido a cientista e um *hermano* que falava um inglês quebrado, ambos ridicularizados pelos colegas do hospital. Logo os amcricanos, quc não conseguem aprender um segundo idioma e não dizem *José* nem sob as estratégias persuasivas de Guantánamo. Enfim, os discriminados se descobriram iguais. A genialidade que havia neles fez o resto.

Mas a língua é só um dos instrumentos da discriminação, essa praga a que se opõem todas as religiões, que pregam a igualdade entre os homens, mas o fazem de maneira mais ou menos hipócrita, para que cada uma, de seu jeito dissimulado ou assumido, exerça ela própria suas táticas de exclusão. Em nome de Deus, milhões de pessoas morreram e seguem morrendo ao longo dos séculos, com cada religião se outorgando o direito de decidir quem são os infiéis e qual o castigo mais adequado – incluindo, em tempos remotos, as execuções primárias em ambientes mais ou menos aquecidos.

De todas as discriminações, a racial é a mais antiga e a mais explícita. Poucos sabem, mas Nelson Mandela, o herói que precisou morrer para ser considerado inspirador de tantos vivos, ainda constava como um terrorista perigoso nos registros do FBI de 2008!

Quando o dr. Alfred Blalock, da Universidade de Minneapolis, depois de muita pesquisa em animais, apresentou uma técnica inovadora para tratar um defeito cardíaco grave, o seu principal auxiliar, Vivien Thomas, que tivera a ideia genial e executara todo o trabalho experimental no laboratório do professor, não participou da entrevista coletiva: não ficaria bem para o futuro político do hospital aquela cara preta e sempre sorridente estampada na capa do jornal.

Praticamente ninguém jamais ouviu falar de Charles Drew, um grande cientista cujas pesquisas permitiram realizar a transfusão de sangue, que já salvou milhões de pessoas em todo mundo. Quando a Cruz Vermelha americana, na década de 50, proibiu a transfusão com sangue de negro, ele se demitiu da organização que inclusive presidira durante algum tempo. Drew era preto.

Se, entretanto, recordarmos que há apenas sessenta anos os americanos do Sul tinham bebedouros, banheiros e sanitários separados para seus negros e hoje reelegem para seu presidente um mestiço de origem muçulmana, precisamos reconhecer que muita coisa mudou para melhor.

Mas quantas gerações ainda passarão antes que nos tratemos realmente como iguais e nos sintamos atraídos pelo encanto das diferenças?

Saberemos que estamos no aproximando daquele ideal quando as minorias e as maiorias conseguirem conviver com naturalidade, sem que os diferentes exijam privilégios, nem que os normais se sintam penalizados por serem assim, normais.

Quando o direito é de todos

Nas emergências médicas é frequente a chegada de pessoas em parada cardíaca. Como o desfecho depende da instantaneidade da iniciativa, antes de discutir a duração do evento e os possíveis danos decorrentes disso, os médicos simplesmente põem em prática as modernas técnicas de ressuscitação, e vários pacientes se recuperam, embora alguns possam sofrer sequelas neurológicas secundárias, em geral proporcionais ao tempo em que o cérebro ficou sem a oxigenação adequada.

Nos Estados Unidos foram tantas as demandas judiciais contra médicos e hospitais com o afã de buscar alguma indenização pelas sequelas eventualmente apresentadas, que se chegou ao cúmulo: os médicos foram desaconselhados a prestar este tipo de atendimento. De tal sorte que as pessoas que chegavam nas emergências em parada cardíaca já eram consideradas mortas, para evitar futuros incômodos. Ou seja, a vida, e a possibilidade de resgatá-la, perdeu importância para o temor do atropelamento judicial.

No enfrentamento do absurdo criou-se a lei do Bom Samaritano, que exime médicos e hospitais de qualquer ameaça de demanda indenizatória quando o serviço for prestado em condição extremada. Este é apenas um exemplo de dano colateral decorrente de judicialização desenfreada da medicina moderna.

A experiência americana é muito mais antiga, mas nós, copiadores assumidos, ainda que com um atraso de pelo menos trinta anos, estamos empenhados em copiá-los, numa corrida maluca que pode levar ao colapso do sistema de saúde caso as demandas judiciais continuem neste crescimento exponencial.

Para se ter uma ideia, os gastos do Ministério da Saúde com demandas judiciais saltaram de 197 milhões em 2010 para 7 bilhões em 2015. Esta avalanche, gerada pela ânsia de todos usufruírem de direitos até há pouco insuspeitados, tem gerado uma enorme angústia nos gestores públicos, obrigados por lei a cumprirem a determinação ditada por juízes muitas vezes desprovidos de suporte técnico para tal tarefa.

Como os médicos muitas vezes prescrevem o nome fantasia e não o princípio ativo dos medicamentos, o gestor se vê premido a cumprir a ordem tal como prescrito, sem tempo para a licitação que permitiria racionalizar os gastos. E como era de se esperar, os mais ricos, com condições de contratar os melhores advogados, terão maior chance de sucesso em seus preitos. E mais uma vez, com as verbas assim solapadas, a saúde pública prosseguirá sua sina de seguir piorando quando isso já não parecia mais possível.

Como em todos os países, as demandas mais frequentes envolvem medicações oncológicas, nas quais reconhecidamente se misturam novidades promissoras, promessas fantasiosas, charlatanices deslavadas e o previsível desespero que caracteriza a mais estigmatizante das doenças.

A propósito, uma pesquisa mostrou que 65% do dinheiro gasto com drogas de combate ao câncer nos Estados Unidos foram utilizados em pacientes que estavam em seus últimos dois meses de vida, destinando-se a estas terapias verbas portentosas que poderiam ser investidas em pesquisa e em medicina preventiva, e que têm servido apenas para alongar o sofrimento e subtrair a naturalidade da morte. Um simpósio recentemente promovido pela Academia Nacional de Medicina propôs uma força-tarefa com a criação de câmaras técnicas especializadas que deem aos magistrados os instrumentos que permitam uma racionalização no deferimento dessas demandas.

Sem isto, a nossa já precária saúde pública sucumbirá. A racionalidade não pode permitir que o interesse individual se sobreponha ao coletivo, principalmente quando o objeto em disputa é a sobrevivência dos desvalidos que miram a atenção do Estado como divisória entre a vida e a morte.

O QUE PERDEMOS SEM SABER

A avaliação de um candidato a transplante de órgão, qualquer órgão, é multidisciplinar e pretende identificar com a maior segurança possível aquele paciente com maior chance de sucesso. Uma preocupação justificável na medida em que o número de órgãos disponíveis é muito inferior à demanda, grande e crescente.

Com alguma frequência, nos deparamos com um pretendente apto ao procedimento porque só lhe falta pulmão, com relativa preservação dos demais sistemas, normais ou minimamente afetados, mas a barreira é levantada pela assistência social, que flagrou uma condição habitacional miserável, sem água encanada ou sem saneamento. Fácil presumir que, para esse paciente, um transplante tecnicamente perfeito será desperdiçado pelas más condições de moradia que o tornariam extremamente vulnerável às infecções oportunistas.

Outras vezes, o histórico médico aponta para a dificuldade de aderência ao tratamento prescrito, e essa incapacidade revela uma indisciplina incompatível com a inflexibilidade exigida num transplante bem-sucedido.

Isidora tinha 55 anos e uma fibrose pulmonar que lhe determinava uma respiração ofegante e ruidosa. Usava oxigênio havia dois anos, e no último semestre durante as 24 horas do dia. Dava pena ver o esforço que fazia com a musculatura do abdome e pescoço na tentativa desesperada de aportar uma quantidade mínima de ar àqueles pulmões enrijecidos pela doença. Quando entrou no consultório, sorriu só com os olhos: não podia desviar o resto da musculatura empenhada na captura do ar.

A revisão dos exames, que trazia numa sacola bem organizada, revelava uma condição clínica perfeita, exceto os 33% de capacidade pulmonar. Estava cumprida a recomendação de só agendar o recebimento de pacientes que tivessem se submetido à avaliação preliminar na sua cidade de origem, com o intuito de evitar que pessoas fragilizadas pela doença fizessem uma viagem cansativa e onerosa, expostas ao risco de serem rejeitadas por alguma condição que lá pudesse ter sido identificada. Redigi então um relatório sucinto para que se dirigisse ao Centro de Transplantes da Santa Casa.

Ao entregar-lhe o papel, disse:

– Acho que a minha letra é legível, mas confira para ver se a senhora entendeu bem o endereço do hospital.

Ela abaixou os olhos e, constrangida, confessou:

– Vou passar isto ao meu filho, que foi muito pra escola, porque eu nunca aprendi a ler.

De repente percebi que encolhera o significado daquela fibrose miserável que trataríamos com o transplante que lhe devolveria o fôlego, mas nada lhe traria de volta tudo o que ela perdera naqueles 55 anos, desperdiçados à sombra amordaçante do analfabetismo. Tive materializada na tristeza daquele olhar, que misturava humilhação, pobreza e vergonha, a medida do quanto ler me deu de prazer ao longo da vida e tomei consciência de que ela estava tristemente blindada apenas e caridosamente pelo desconhecimento do quanto lhe tinha sido negado.

Acho que ela não entendeu bem a razão daquele abraço mais prolongado, e eu também não tive ânimo de confessar que, mais do que um carinho avulso de um fim de consulta, ele continha um constrangido pedido de desculpas pelo tanto que me deliciei com as letras e que a vida lhe surrupiou, injustamente.

Há um tempo de chorar

A tendência à idolatria é milenar. Desde que o homem aprendeu a temer a morte, a figura do médico, visto como alguém capaz de transferi-la, assumiu compreensíveis ares de divindade – ainda que a massificação do atendimento, a substituição da livre escolha pela nominata dos credenciados e a ruptura do vínculo pessoal pelo biombo institucional tenham quebrado muito do encanto místico do médico antigo, que acalmava pela palavra e curava pela presença.

Mesmo assim, deturpações à parte, sempre haverá lugar para o afago carinhoso, a palavra generosa e o agradecimento inesquecível. Algumas vezes, somos surpreendidos ao descobrir que nada encanta mais ao paciente do que o seu médico despido de poses e pretensões tratando-o com igualdade de afetos e sentimentos.

Numa manhã marcada pelo sofrimento, saí da terapia intensiva depois de constatar a morte encefálica de um menino de dez anos que fora trazido ao hospital em coma, depois de ter caído de uma construção. Em 36 horas ele fora operado três vezes para tratar da ruptura de traqueia e brônquios e lesão do baço. Tinham sido onze dias de angústia acompanhando o sofrimento da família e o desespero incontido da mãe, incansável em acalentar aquela carinha linda com imensos cílios virados, cuja lembrança povoou muitas das minhas madrugadas depois que tudo terminou.

Massacrado pela sensação de perda, recebi da minha secretária a informação de que nove pessoas me aguardavam no consultório. Consciente de que não tinha condições de atender ninguém, tive um impulso e pedi que todos passassem à minha sala, e então, diante da surpresa deles, chocados com a perspectiva de uma consulta coletiva, contei o que tinha acontecido. Perguntei se alguém necessitava de uma consulta urgente, e eu trataria de encaminhá-lo a algum colega. Se não, gostaria muito que voltassem todos no dia seguinte. Quando confessei que não tinha condições de atendê-los porque precisava sair urgentemente do hospital para chorar, houve uma comoção naquela sala. Nove desconhecidos se abraçaram e se deram as mãos, movidos por um misto de consternação e solidariedade. No dia seguinte, quando retornaram, havia entre eles a clara preocupação de checar se algum insensível poderia ter fraudado a reação solidária do grupo. Mas não, todos compareceram e, mais do que isso, durante anos que se seguiram, vários daqueles nove pacientes fizeram consultas desnecessárias comigo para relembrar aquele episódio que marcara tanto a vida deles quanto a minha.

Passados trinta anos, ainda me impressiona reconhecer que aquela comoção nasceu de uma simples confissão de que o médico, como qualquer ser humano, muitas vezes se depara com situações em que não há nada a fazer além de se recolher para chorar.

O TERRORISMO SILENCIOSO DA BUROCRACIA

Naquela terça-feira, 11 de setembro de 2001, quando os muçulmanos ensandecidos puseram as torres gêmeas para dançar e fizeram um grande rombo no Pentágono, houve a maior paralisia aérea na história americana de todos os tempos. Com o Capitólio e a Casa Branca ainda intactos e os inimigos lambendo os beiços, ninguém podia decolar, ninguém podia pousar, e a ordem era abater, sem questionar, qualquer coisa que voasse e parecesse maior do que uma gaivota.

Pois nesse clima de pânico absoluto, com medo e paranoia servidos em grandes bandejas de terror, um único voo foi autorizado em todo o território americano: um Lear Jet decolou de Los Angeles, no meio da tarde, a caminho de Miami. Por que a exceção? Porque duas pessoas na Flórida dependiam, para continuarem vivendo, de órgãos doados na Califórnia.

Como se percebe, em lugares civilizados, mesmo em tempos de guerra, a preservação da vida é prioritária.

Uma outra terça-feira, 15 de dezembro de 2009, anoitecia em Porto Alegre. Tudo parecia estar em paz, e a única briga no espaço aéreo estava reduzida a um pequeno conflito de quero-queros que disputavam território na cabeceira de uma das pistas do aeroporto local. Uma chamada da Central de Transplantes de Santa Catarina, que tem sido uma parceira exemplar dos gaúchos, oferecendo ao Estado todos os órgãos que lá não são utilizados, e a informação de que dois pulmões perfeitos estavam à disposição da Santa Casa, o hospital onde foram feitos até agora dois terços dos transplantes de pulmão do Brasil. A retirada estava programada para ter início às 22 horas em Caçador (SC), o que significava tempo hábil para o deslocamento das equipes no avião gentilmente disponibilizado pelo Governo do Estado.

E aí começaram os problemas: o voo de volta se faria entre duas e três horas da madrugada, mas fomos informados de que isso seria impossível, porque o aeroporto estava fechado por conta de obras de ampliação da pista da meia-noite às seis e quinze da manhã.

Depois de argumentarmos que para um avião pequeno não precisaríamos de toda a pista e que já pousáramos em pistas laterais em outras ocasiões, ainda tentamos sensibilizar os interlocutores com a informação verdadeira de que provavelmente esses pobres candidatos ao transplante, pela gravidade de suas condições, não teriam uma segunda oportunidade de transplante, mas nada disso funcionou. Havia em cada negativa aquela prepotência pré-orgásmica que caracteriza o anencéfalo no exercício máximo do poder.

Desesperados à procura de uma solução, tentamos identificar alguém que pudesse dar a ordem mágica que restabelecesse a racionalidade, mas descobrimos que, se essa pessoa existe, ela está completamente blindada pela quase comovedora descerebração dos seus súditos.

Como última alternativa, apelamos para o coordenador da Secretaria de Saúde de Santa Catarina, para que tentasse atrasar o início da retirada dos órgãos. Essa decisão é de risco, porque, se parasse o coração do doador, todos os outros órgãos estariam perdidos. Como o doador parecia estável, a retirada foi perigosamente transferida para as duas horas da madrugada para que, completada até as cinco horas, pudéssemos voltar a Porto Alegre em condições de cumprir as normas burocráticas que determinam que os pousos só sejam liberados depois das seis e quinze da manhã.A pista parecia limpa, nenhum indício de bom senso ou de sensibilidade na faixa recém-pintada do acostamento. Até os quero-queros se recolheram. Acho que de vergonha!

A Olga e o Mário, que tantas vezes flertaram com a morte nos últimos meses, estão felizes com seus pulmões novos e nem imaginam o quanto os seus sonhos de renascimento foram ameaçados pela burocracia insensível, desumana e abjeta!

Os que têm a força

Meu avô definia os corajosos como aqueles que, tendo medo, correm pra frente. Mas, abstraída esta escassa população dada a heroísmos, existe um contingente de valentes silenciosos, à espera de que uma adversidade qualquer os ponha à prova. E eles então se revelam. Fortes e inquebrantáveis.

Aprendi que é esse tipo de coragem insuspeitada que explica a atitude estoica dos pacientes predestinados a calvários inimagináveis e que descobrem, no enfrentamento de sua sina, uma força interior que nem imaginavam ter e que se exterioriza na racionalização do que é preciso fazer, no dia a dia, pela sobrevivência.

Não se produz bravura por nenhum manual conhecido e alguém já disse que heróis são pessoas boas que, colocadas em circunstâncias excepcionais, permanecem fiéis ao seu caráter. Portanto, desistam de matricular os filhos em escolas formadoras de adultos corajosos. E desconfiem dos muito destemidos, porque a maioria deles gasta toda a energia produtiva na encenação da coragem.

Como a doença é a ameaça mais comum e pungente, é dada ao médico a oportunidade de conviver com modelos humanos extremos a partir de situações semelhantes. Alguns decidem por conta própria que são casos perdidos: deixam de ouvir qualquer ponderação de esperança, desabam consumidos em pena de si mesmo, bradam por protesto e socorro e levam no roldão do desespero a família atordoada. E ainda exigem toda a reserva do afeto por parentesco que muitas vezes negligenciaram em corresponder.

Como espernear é um reflexo muito primitivo, porque é o que fazemos logo ao nascer, meu encanto foca no outro extremo. Sempre me impressionei com aqueles que, diante de uma grande ameaça, são capazes de manter o controle emocional para estabelecer prioridades e proteger a família de um sofrimento que só a eles cabe administrar. Como atestado de grandeza, evitam disseminar ansiedade entre aqueles que até gostariam, mas não têm como ajudar. Considero essa atitude o sinal mais definitivo de maturidade.

Maria Rita fumou por quarenta anos e de alguma maneira se sentiu o tempo todo culpada por isso. Quando descobriu um nódulo de pulmão, marcou a consulta para ouvir o que sempre negou que pudesse acontecer. Não tentou conter a lágrima que acompanhou a notícia, mas, depois de dois minutos, estampou um sorriso lindo, como uma espécie de pedido de desculpas pelo curto tempo que se permitiu fraquejar. Outra vez no comando, foi toda objetividade:

– Preciso de duas semanas para me organizar, depois disso estarei pronta.

Antes de sair, um pedido revelador:

– Meu marido não consegue nem trabalhar se tenho uma febre qualquer, então preciso protegê-lo até as vésperas da internação. Esta conversa fica entre nós. Como aliado, tu és tudo de que preciso, e sei que vais cuidar de mim.

Quase senti pena do tumor, que não sabia com quem se metera.

Para isso fomos feitos

Difícil determinar onde termina a ignorância e começa a ingratidão, ou se é tudo apenas pobreza espiritual. A pior delas. O certo é que os médicos já se habituaram a serem ignorados no rol dos agradecimentos, e há evidências de que isso contribui para o esfriamento das relações com alguns pacientes. Poucos, felizmente.

Muitas reclamações baseadas no preconceito de que os médicos são interesseiros tentam mascarar uma verdade intransferível: as acusações mais veementes invariavelmente partem de mercantilistas hipócritas que, travestidos de idealistas, projetam toda a sua repulsiva mesquinhez. Nada mais irritante do que ouvir de alguém que só faz da vida ganhar dinheiro a acusação de que todos os médicos são mercenários. Outro ingrediente importante nesse contexto é o sentimento de culpa que brota de familiares rígidos de afeto que, percebendo na proximidade da morte de um familiar a perda da chance de resgate de um amor negligenciado, projetam no médico toda a sua raiva e frustração.

Se um filho rico decidiu economizar, internando o pai numa enfermaria do SUS, muito cuidado: se a evolução do câncer não for favorável, esse médico será espinafrado. Fácil perceber, nessa situação, que aquela cabecinha sovina ficou maquinando e, atormentada, concluiu ser mais fácil transferir a culpa para o profissional que, mesmo tendo sido tecnicamente perfeito, será desdenhosamente lembrado como o omisso que se descuidou por falta de estímulo econômico.

Existem também os que não admitem que alguns casos sejam mais difíceis e podem não ter solução e julgam os médicos pelos resultados. Se a primeira declaração pós-operatória foi otimista, tenha muito cuidado: se a evolução for alterada por alguma complicação inesperada, o médico será acusado de enganá-los. Por isso, não estranhe que alguns profissionais sejam lacônicos ao prever a evolução de um paciente. Eles provavelmente estão vacinados contra o mau-caratismo dos paranoicos. Maturidade profissional significa reconhecer que esses modelos de nanismo espiritual não podem ser balizadores do nosso estado de espírito, nem juízes respeitáveis da qualidade do nosso trabalho. Porque no fundo eles se sabem insignificantes, e estão inconsoláveis com isso.

Em conversas com alunos, percebe-se claramente o quanto esses preconceitos em relação aos médicos da atualidade angustiam os jovens que, movidos por pureza inata, temem ser mal interpretados. Todos os principiantes estão ansiosos por reconhecimento e gratidão, porque este é o mais belo sentimento que move o médico por vocação. Fácil perceber que eles estão temerosos de que, por exemplo, a denúncia de salários ridículos possa ser visto como algo depreciativo. Tenho procurado ensinar que o médico estará protegido de acusações internas e externas à medida que se assegurar, em cada situação, de ter exaurido os limites de suas possibilidades na defesa dos interesses do paciente, mesmo que para isso precise criar atritos com o hospital ou com as empresas pagadoras da saúde.

Com um trabalho qualificado e carinhoso, ganhar dinheiro será mera consequência porque, como até os demagogos reconhecem, em se tratando de saúde todos querem ter o melhor. O resto é jogo de cena, que nunca ofuscará o indescritível encanto de aliviar o sofrimento dos puros e agradecidos. Aqueles tantos por quem vale toda a exigência pessoal de exercer, no limite da entrega, essa maravilhosa profissão.

Saber escolher

O longo exercício da nobre arte de ensinar tende a alcançar um patamar que precede uma inevitável encruzilhada da vida e, depois dela, a zona imprecisa em que tanto seguimos ensinando quanto recomeçamos a aprender.

Como não há possibilidade de dominarmos o conhecimento, é inevitável a perspectiva de que um dia nossos discípulos adquiram autonomia e, com ar variável de generosidade e sutileza, nos ultrapassem.

Muitos professores têm dificuldade de conviver com tal realidade, que deveria significar apenas a consagração da nossa condição de mestres, esses tipos generosos que transmitem tudo o que aprenderam e ainda se preocupam que sua prole intelectual não repita os seus erros, ou que pelo menos tenha a chance de, ao cometê-los, ser original.

Eu tinha trinta anos quando operei a minha primeira traqueia, o que viria a se transformar numa das paixões da minha vida cirúrgica. Tinha participado, como residente, de somente uma dessas operações, para tratar de uma condição rara naquela época: o estreitamento da traqueia por entubação prolongada num traumatizado de crânio.

Semanas depois, internou-se a Nancy, uma mulata com uma cara bonita e um tumor traqueal logo abaixo das cordas vocais. Com meu mestre, Ivan, doente e anunciando protelações cada vez que o clínico o pressionava por uma data provável para a tal cirurgia, resolvi anunciar-lhe que, depois de ter lido tudo o que havia na escassa literatura disponível na época, me sentia capacitado a fazer a tal operação. Fui saudado com entusiasmo e desafogo pelo mestre, que não poupou em estímulo e provocação:

– Isso mesmo, meta a cara e vá em frente. Ah, e se afrouxar e perna, não esquece que estarei aqui, na tua retaguarda.

No final de uma manhã muito fria, o mestre entrou no vestiário e me encontrou trocando de roupa. Sobressaltado, perguntou:

– O que aconteceu? Não conseguiste? Não vais me dizer que já terminaste?

Quando lhe mostrei o segmento de traqueia ressecado, ele examinou as duas extremidades da peça, encheu os olhos e me abraçou. Não sei quanto tempo durou aquele abraço. Pode ter sido o tempo equivalente à minha juventude, e lembro apenas que não queria que terminasse.

Por fim nos separamos, e ele foi elogioso e debochado, sem esquecer a sua parcela na proeza:

– Uma coisa tens que admitir: eu sei escolher os filhos da puta para trabalharem comigo!

Nos anos que se seguiram, muitas vezes amei a memória do meu mestre querido, mas nunca tanto quanto naquela manhã gelada de um agosto remoto da minha vida.

E hoje, quando o Spencer faz alguma que me deixa a sensação de que não conseguiria fazer melhor, fico com vontade de contar que eu também aprendi a escolher.

O pior da inveja

Acusar alguém de cínico é classificá-lo automaticamente como inteligente, porque cinismo tanto quanto senso de humor não convive com atrofia cerebral. Por isso é tão deprimente ver o obtuso tentando ironizar ou fazer graça e não parecer mais do que bobo. Oscar Wilde, um modelo irretocável de cinismo e genialidade, não fazia concessões: "A cada boa impressão que causamos, conquistamos um inimigo. Para ser popular, é indispensável ser medíocre". Ele reconhecia nessa intolerância a raiz do mais abjeto dos sentimentos humanos: a inveja.

A expressão extrarrudimentar dessa pobreza espiritual é tentar desmerecer o feito de alguém simplesmente por não ser capaz de imitá-lo, quando o salutar seria que a conquista alheia representasse um estímulo a fazer mais e melhor. O detrator não parece perceber que a crítica preconceituosa e vazia serve apenas para sacramentar a sua inferioridade, dolorosa e definitiva. Alguém já advertiu que não devemos anunciar a nossa felicidade alto demais porque a inveja tem sono leve. Se é assim, cochichemos, mesmo que isso seja injusto com quem fez por merecer.

Perguntei ao Luiz Felipe Pondé, o polêmico cronista da *Folha de S. Paulo*, como lidava com as críticas tantas vezes ferozes dos leitores. Ele foi sucinto:

– Esse pessoal não tolera quem tem opinião, qualquer opinião. Eu não cedo jamais, e só escrevo o que acredito. Os discordantes esbravejam e ajudam a vender o jornal. Simples assim.

Se alguém tiver paciência de acompanhar, na mídia escrita ou virtual, as manifestações dos leitores depois de cada crônica de alguém que cometa a insensatez de opinar, ficará pasmo com a intolerância de quem não suporta conviver com o contraditório sem que isso seja identificado como uma ofensa pessoal. Claro que o protesto fica ainda mais grotesco quando recheado de erros de português, mas a incapacidade de celebrar as diferenças e crescer com elas é certamente um atestado lastimável de nanismo espiritual.

Felizmente, sempre aparece quem defenda o direito à liberdade de expressão, mas esses poucos são soterrados pela legião de indignados furiosos que, se pudessem, construiriam novos fornos para carbonizar seus desafetos.

Escrevendo sobre isso, percebi que a impressionante facilidade de opinar oferece às pessoas antes desprovidas de voz a possibilidade sem precedentes de expressarem seus sentimentos, a ponto de consagrar ainda mais o Facebook, transformado tanto em altar de virtudes exageradas quanto em incinerador de defeitos camuflados.

A suspeita desconfortável fica por conta da hipótese de que a liberalidade de opinião tenha servido apenas para dar vazão a um sentimento ainda pior do que o anunciado no início desta crônica: o da inveja reprimida. Esta dói até pra digitar.

Pérolas portuguesas

Passar uns dias em Lisboa é sempre uma maravilha. A cidade é linda, a mistura do novo e do decadente tem uma harmonia que comove, os resíduos da imponência histórica são impactantes, a culinária é original, o povo é afável e sempre se renova a promessa de voltar, não importa quantas vezes o ritual tenha se repetido.

Quando se está em companhia de outros brasileiros, é inevitável que se passe a limpo as últimas rusgas que os patrícios adoram fomentar na defesa intransigente da língua portuguesa, um embate ainda mais hilário se aliado à inabalável lógica lusitana.

À espera do jantar, jorraram histórias maravilhosas:

– O cirurgião paulista toma um táxi no aeroporto: "Para onde vamos?". "Vila Galé." "Desculpe, mas aqui em Lisboa tem várias, qual o endereço?" "Não tenho o endereço." "Mas como vou levar-te a um sítio se nem sabes onde é?" "Fica perto do Centro de Convenções." "Nunca ouvi falar!" "O senhor não sabe onde é o Centro de Convenções em Lisboa, não acredito!" "Nunca ouvi falar!" "Bom, fica junto da ponte 25 de Abril!" "Bom, esta toca eu conheço, então vamos para lá. Pode ser que achemos!"

Quando se aproximam, se vê o prédio enorme com letreiro gigante: Centro de Congressos de Lisboa. "O senhor está vendo? Este é o Centro de Convenções de que eu falei!" "Raios, o senhor tinha que ter falado Centro de Congressos, porque convenção para nós é um acordo que se pode fazer entre duas pessoas, e eu não saberia nunca do que estavas a falar. Pois!"

– Eu tinha sido convidado para um conferência em Coimbra e fui apanhado por um grupo de cirurgiões no aeroporto de Lisboa para a viagem de carro. Na saída, passamos por uma placa que anunciava: Perdidos e Achados. Ignorando uma das melhores oportunidades de calar a boca, comentei: "Engraçado, no Brasil nós dizemos Achados e Perdidos". E então o mico que podia ter sido evitado: "Pois aqui estamos acostumados a perder antes de achar!". Bem feito.

– Esposa de conferencista brasileiro acorda desconfortável com a altura excessiva do travesseiro. O marido solícito liga para a mucama e pede a troca por um travesseiro mais baixo. Cinco minutos depois, a portuguesa está à porta com a encomenda. O marido recebe o travesseiro, agradece e se prepara para fechar a porta, mas ela continua imóvel. "Desculpe, alguma coisa errada?" "Não exatamente errada, mas para se completar a operação o senhor deve me devolver o outro travesseiro, porque afinal foi solicitada uma TROCA, pois não?"

– Final da sessão da manhã, congresso no topo de um edifício de vinte andares, saguão cheio, todos loucos pra descer e abre-se a porta do elevador gigante. O médico brasileiro, no piloto automático, pergunta: "Desce?". O velhinho ascensorista, irritado com a estupidez da questão, responde calmamente: "Este elevador só não faz movimentos rotatórios e pros lados. Tanto sobe quanto desce, e no momento estamos parados!". Uma pergunta que ficou: quanto tempo dura um passeio de vinte andares com o elevador cheio de gente se divertindo às custas de um infeliz distraído?

– Voo da TAP, classe executiva, casal sofisticado, mulher loira e afetada. Aproxima-se o chefe dos comissários e pergunta: "Boa noite. Gostariam de jantar?". A mulher põe os cílios postiços a vibrar e devolve a pergunta: "Quais são as opções?". E a lógica portuguesa, que estabelece uma coisa de cada vez, prevalece: "Sim e não!".

– Casal de brasileiros, em viagem de carro pela Europa, na era pré-GPS, se atrapalha num trevo na zona de Viseu e pergunta a um velhinho que passava: "Por favor, meu senhor, esta estrada vai para a Espanha?". "Melhor que não vá, faria muita falta aqui!"

– Brasileiro, na classe executiva da TAP, acorda lá pelas três da madrugada com vontade de ir ao banheiro. Quando surpreende uma fila de quatro necessitados, resolve recorrer àquele banheiro que em geral existe entre as classes executiva e econômica. Quando se aproxima da zona presumida, percebe que vem um baixinho da área econômica, aparentemente com a mesma intenção. É bruscamente interceptado pelo comissário, que o repreende: "Econômica? Lá no fundo, lá no fundo!". O gajo constrangido se retira, e então o comissário gentilmente orienta o brasileiro: "Quanto ao senhor, isto aqui é um armário, não se trata de um banheiro, pode voltar pro seu lugar!".

Coragem para decidir

A aceitação da morte, impensável para quem se sente saudável e feliz, vai sendo progressivamente construída pelo sofrimento, que conduz sua vítima pelos estágios da raiva, da negação e da barganha, até que o cansaço e a dor minem as últimas resistências e tornem a morte compreensível e, algumas vezes, desejável.

Mas as reações dos pacientes diante da percepção de que se perdeu o controle da doença são completamente imprevisíveis. Uns se entregam à fatalidade e aceitam o que se propõe com submissão. Outros são fortes o suficiente para se manter no comando.

Osvaldo, um colega de turma, sensível, inteligente, de um humor irônico bem dosado, era uma das unanimidades de uma turma de 125 alunos da ATM 70. Operado de câncer de pulmão há pouco menos de três anos, apresentou uma inesperada recaída da doença e encarou com bravura e resignação a necessidade de quimioterapia.

Novamente os resultados não foram bons, e sentamo-nos todos para discutir as alternativas de retomada do tratamento, que envolveria outras drogas. Desalentado, emagrecido e careca, ele quis saber o quanto se esperava do novo tratamento e que carga de sofrimento o aguardava. Ouvia com a naturalidade de quem precisa de mais elementos para tomar a sua decisão. Só sua. Ao fim do relato de mais números realistas e desanimadores, ele contou uma história.

Durante anos o Euclides, cãozinho de estimação, fora a alegria dele e da Tânia. Quando um câncer cresceu na cabeça do pobre animal, deformando-lhe a cara, levaram-no para ser sacrificado. Antes da injeção letal, a Tânia, num último gesto de amor, deu-lhe um pedaço de chocolate meio amargo, o preferido do bichinho, que o devorou com prazer e mostrou o quanto isso o alegrara abanando o rabo. Efusivamente.

Isso posto como introdução, o Osvaldo sentenciou:

– A quimioterapia, liquidando meu paladar, eliminou um dos poucos prazeres que me restava, que era jantar fora e tomar um bom vinho. Então queria pedir que, se nada mais se pode fazer para, de fato, melhorar a qualidade do que me resta de vida, por favor, me permitam que ao menos eu abane o meu rabo!

Não havia o que argumentar.

Encerrada a missão, doou as córneas para que alguém continuasse vendo por ele. Ele se foi e deixou um naco de dor, mas também um comovente exemplo de lucidez, determinação e coragem. Desses que a gente admira, mas não consegue se imaginar copiando.

Quando o imponderável assume o comando

A atividade médica submetida à tensão decorrente do medo ancestral do paciente é por consequência um ritual de medidas sérias, que visam a minimizar a chance sempre assustadora de erro médico. Infelizmente, a experiência universal assinala que, apesar de todas as medidas contidas em sofisticados protocolos de conduta, eles sempre ocorrem. Isso não deve gerar conformismo, porque a qualificação que gratifica é a marca principal de quem não se conforma com o meio-termo profissional.

Pois mesmo imbuídos deste sentimento descobrimos ocasionalmente que alguns eventos parecem ter personalidade própria e não conseguimos evitar. Menos mal quando eles são mais hilários do que danosos.

1. Uma das práticas mais comuns da atividade médica é o encaminhamento de pacientes para outros colegas. E sempre há a preocupação de saber como foram tratados, afinal, ninguém gosta de ouvir queixas do colega para quem se encaminha um paciente. Velho paciente, amigo de longa data tem que ser operado e pede conselho:

– Quem é o craque nesta área da cirurgia?

Nenhuma dúvida:

– O craque é o Fulano!

Três dias depois o paciente volta e, meio constrangido, pergunta:

– Quem é o outro craque?

Querendo saber a razão do desacerto, pergunto:

– O que aconteceu?

– Ah, doutor, deu tudo errado! Ele tem uma pressa!

Quando lhe digo que eu também sou apressado, ele contesta:

– Não é esse tipo de pressa. Ele tem uma pressa maligna! Para encurtar a história, ele arrancou um botão da minha camisa, durante o exame!

Querendo proteger meu amigo, porque ele é muito bom tecnicamente, pondero:

– E o senhor considerou a possibilidade de que o botão estivesse frouxo?

Ele então pede à Marieta, sua esposa, que conte o resto da história:

– Ah, doutor, foi bem desagradável, mas, quando eu me abaixei para pegar o botão, tinha outro botão lá!

2. Paciente antigo, curado de um câncer de pulmão operado há dez anos, procura conselho sobre qual cirurgião eu recomendaria para operar-lhe uma complicação de úlcera crônica de estômago.

Três semanas depois ele volta, com um aspecto normal, mas muito estressado. Quando lhe pergunto como tinha sido, narra uma experiência trágica:

– Bom, primeiro, aquele seu colega é muito teatral. Imagina, eu lá deitado, pelado e crucificado, e ele entrou na sala com os braços erguidos, num gesto que achei meio messiânico (*provavelmente fazia escorrer o álcool iodado no qual o cirurgião mergulha as mãos antes de colocar as luvas*). Enquanto o anestesista preparava os seus remédios, na minha cabeceira, o doutor falou para uma moça que arrumava a mesa de material lá no outro canto: "Vou precisar do fio de catgut 3-0". Ela respondeu: "Não tem!". E então eu dormi!

Quando voltou, três semanas depois, ele não tinha a menor ideia de que o tal fio podia ser substituído por vários outros, e com vantagem. Na cabeça dele, aquela era a coisa mais importante, tanto que tinha sido o primeiro pedido do médico.

– E, não tendo, sabe o que aconteceu? Nada. Foram adiante e improvisaram na minha barriga. Eu estou me sentindo bem, mas sabe-se lá quanto tempo esse bem vai durar!

3. Residente de primeiro ano, terceiro mês em treinamento, recebe um telefonema da emergência:

– Temos aqui um paciente com sangramento pulmonar e um grande tumor no pulmão direito. Precisamos saber se tem alguém aí para fazer uma broncoscopia de urgência!

A resposta pronta:

– Claro que sim. Pode mandar, mas tem que ser AGORA.

A pressa se devia ao fato de que em quinze minutos chegaria o residente de segundo ano, que provavelmente lhe tomaria o exame. Com esta ansiedade, se plantou na porta do centro cirúrgico, aguardando o paciente. Poucos minutos depois aparece um tipo, meio indeciso, abraçado num monte de radiografias.

– Onde que se faz uma tal de broncoscopia?
– Aqui mesmo. Pode passar. Tire a roupa. Deite aqui. Peguem uma veia e apliquem o sedativo. Coloquem o oxigênio! Cadê o oxímetro? Coloquem a radiografia no negatoscópio. Vamos, rápido!

Com o paciente mais ou menos sedado, começa o exame – e as surpresas: traqueia normal, brônquios normais. Nada daquilo combinava com a radiografia que mostrava um grande tumor no pulmão direito. Retirou o aparelho, sacudiu o paciente e perguntou:

– Mas você não tem escarro com sangue?
– Eu não, mas meu irmão tem barbaridade!

Veio então o pavor: "Se o professor souber que fiz uma broncoscopia no irmão do paciente, estou ferrado!". Constrangido, perguntou ao pobre infeliz:

– Mas o senhor não podia ter avisado que não era o paciente?

Veio a resposta mais inesperada:

– Não se preocupe, doutor, eu também sou fumante. E inté já fiz meu check-up.

Na hora da saída, ainda conseguiu fazer um elogio ao hospital:

– E tem gente que diz que é difícil marcar os exames aqui! Pois eu cheguei e pá, já fiz o meu! Obrigado, doutor!

O QUE AINDA FALTA PERDER?

O que ainda falta perder depois que a morte foi banalizada? Haverá evidência maior de desapreço pela vida do que negar aos que perderam seus amados ao menos o elementar direito de enterrar seus mortos?

Tratei da Maria Dolores no início dos anos 80, quando ainda se operava esporadicamente aqueles casos de tuberculose resistente aos remédios disponíveis. Muitos pacientes foram salvos por uma combinação que incluía quatro ou cinco medicamentos durante quatro meses seguida da ressecção da área mais grosseiramente doente. Ela se curou e sempre me pareceu verdadeira quando me dizia, sem que lhe perguntasse, que a partir de então, "na hora de rezar, meu compromisso começa contigo, depois é que vejo quem mais tá na urgência".

Acho que todo mundo precisa de alguém assim, rezando na retaguarda.

Eu tento consolar a Maria Cândida há anos, depois que o Carlos Eduardo, então com sete anos, desapareceu num bairro miserável da periferia de Porto Alegre. Desde então, ela tem peregrinado no rastro de pistas falsas – que regularmente são oferecidas, como requinte da maldade humana, por monstros que parecem se divertir em remetê-la na perseguição aos fantasmas que rondam seus sonhos nas noites inquietas de mãe inconsolável. O que estimula essa escória cruel? A certeza de que ela vai atrás de qualquer pista, por mais ridícula e improvável, e isso parece diverti-los. Mas não há como demovê-la, até porque a racionalização se esvai quando ela contra-argumenta: e se desta vez for verdade?

Ontem, ela cuidava da fruteira na esquina e só quando lhe perguntei como estavam as coisas foi que percebi que chorava. Abandonei o comodismo de comprar pela janela e estacionei. Sentados em caixotes, ela me mostrou a foto do menininho sírio, encontrado morto numa praia mediterrânea depois do naufrágio de um barco de refugiados, que estampava a capa do jornal *Zero Hora*.

– Tava lendo essa história e, como dessa dor eu sou entendida, fiquei imaginando o desespero dessa mãe procurando o filho desaparecido, e até pedi a Deus que ela tivesse se afogado também para escapar da dor que eu já passei. Depois, como ando muito desesperançada, fiquei imaginando que aquele menininho sem nome bem que podia ser o Carlos Eduardo, e eu ia pedir àquele soldado que me entregasse para que eu pudesse finalmente enterrar minha cria. Só então percebi o absurdo. Aquela criança tem no máximo uns três anos, e o Duda já passou dos catorze e deve estar bem grandão. E aí me deu mais vontade de chorar de pena daquela mãe e de mim, porque aprendi que mãe que perde um filho perde o mesmo filho todos os dias.

Aquele abraço que não se desfazia e a falta de palavras foram uma espécie de catarse, como se estivéssemos perplexos à margem do Mediterrâneo, sem mais o que fazer do que pedir desculpa pela naturalidade com que aceitamos, sem gritar, as mortes absurdas que todos os dias deixam mães inconsoláveis e seguimos a vida como se fosse razoável toda a tragédia que não nos atinge diretamente.

Felicidade em fatias

Como não existe felicidade completa, e ninguém consegue ser feliz o tempo todo, aprendemos a desconfiar dos faceiros crônicos: porque, afora a monotonia irritante da eterna alegria, eles devem ser muito dissimulados. E, com esses tipos, todo o cuidado é pouco.

Habituados com as saudáveis oscilações de humor reveladoras da nossa condição anímica, pouco atentamos para os graus possíveis de felicidade que para alguns felizardos se projetam na conquista, tão fantasiosa quanto inatingível, de uma mega-sena. A maioria, mais modesta, se contenta com menos, como por exemplo o resgate das pequenas perdas, essas que só dimensionam bem os que perderam.

Sempre me comovi com a alegria genuína e geralmente solitária dos velhinhos quando retiram o tampão do olho de onde foi removida uma catarata e se deslumbram com o arco-íris das cores que desbotaram no tempo e agora estão vivas outra vez. Ou com a euforia da vozinha que vinha sendo interpretada como caduca porque quase sempre o que respondia não tinha nada a ver com o perguntado e que agora, com o aparelho auditivo novo ajustado, retoma o convívio ativo com a família e pede, com um certo orgulho na voz, que as pessoas, por favor, falem um pouco mais baixo porque, afinal, ninguém aguenta mais essa gritaria. Parece uma casa de loucos!

Ou de um paciente transplantado de pulmão por um enfisema que apresentara uma sucessão de perdas acumuladas durante os dez anos que antecederam a cirurgia e que, às vésperas de ter alta, chamou-me para um pedido:

– Doutor, por favor, me examine porque tem uma coisa errada comigo.

Quando quis saber o que sentia, ele surpreendeu:

– A impressão que tenho é de que me entra ar por tudo quanto é lugar!

Depois de dez anos de esforço progressivo para respirar, era compreensível que a ausência da percepção dessa atividade gerasse ansiedade em quem tinha esquecido do simples que é o normal.

Geraldo fumou cigarro de palha durante os cinquenta anos em que trabalhou na liberdade do pampa. Nos últimos tempos, a atividade física se restringiu ao mínimo, e ele descobriu que um simples banho podia ser uma tarefa bem desagradável. Encantado com o desempenho de um vizinho transplantado de pulmão, marcou uma consulta para saber quando poderia fazer o seu. Foi duro acompanhar seu desencanto na medida em que as contraindicações para o transplante (mais de setenta anos, infarto prévio) foram anunciadas. Felizmente, seu enfisema comprometera menos os lobos inferiores, e lhe foi comunicado de que era bom candidato para a chamada cirurgia redutora do volume pulmonar, que permite a retirada de áreas mais afetadas para que as menos comprometidas tenham mais espaço para funcionar. Depois de uma fase inicial de desconfiança, o entusiasmo voltou, e ele foi submetido à cirurgia depois de uma intensa preparação para que fosse operado na melhor condição possível.

Decorridos seis meses do procedimento, voltou para a revisão e foi logo anunciando:

– Não tenho ideia de há quanto tempo não respirava tão bem!

Ele voltara a trabalhar no campo com tal euforia e a relação de proezas e façanhas era tão entusiasmante que foi inevitável perguntar:

– E como é que anda a sua vida sexual?

Ele fez um longo silêncio e, acomodando o chapéu sobre o joelho magro, confessou:

– Mas o senhor sabe que eu nem me lembro!

Como escrevi em algum lugar aí acima, felicidade completa é, quase sempre, uma grande fantasia.

Elas vieram para ficar

A festejada capacidade de perceber detalhes da história clínica que permitam intuir diagnósticos menos óbvios e a perspicácia de antecipar a evolução e, com isso, prever desfechos, que há décadas se convencionou chamar "olho clínico", sempre fará a diferença entre profissionais igualmente treinados.

Mas é inevitável reconhecer o quanto a tecnologia nivelou os médicos, não para equipará-los, porque isso seria impossível visto que dependeria de dotes pessoais intransferíveis, mas para torná-los funcionalmente mais parecidos.

Por outro lado, se usarmos como laboratório de experimentação os estudantes de medicina egressos de escolas de alta qualificação, será nítida a disparidade de desenvoltura e afirmação profissional entre eles, ainda que todos tenham um ponto de partida comum.

Se abstrairmos o fator sorte – que nunca se pode desconsiderar completamente –, cada vez mais o reconhecimento do médico na comunidade médica e leiga se baseia nos atributos pessoais do candidato, e não por outra razão há uma irrefreável tendência moderna de incluir as ciências humanas nos currículos das escolas médicas.

E se nós, médicos, escolhemos para encaminhar nossos pacientes aqueles colegas que além de tecnicamente competentes são também carinhosos e afetivos, por que esperaríamos que os pacientes, carentes como estão todos, usassem critérios menos exigentes? Ou alguém se sente confortável ouvindo queixas dos pacientes ao voltar do colega que indicamos?

Pensei nisso constatando a crescente presença de mulheres na atividade médica. Atualmente, em muitas turmas o percentual excede a 70%. Seguramente esse crescimento impressionante é multifatorial e faz parte do acelerado processo de introdução da mulher no mercado de trabalho, e não haveria razão para que fosse diferente na medicina. Mas será que é só por isso?

Um apressado se contentaria com essas ponderações, mas claro que há muito mais a explicar, e provavelmente a avalanche feminina na medicina moderna é a simples consequência do reconhecimento de algumas virtudes inerentes ao gênero.

A ciência médica é cada vez mais dependente de detalhes, e as mulheres são mais minuciosas. Toda a tecnologia não dispensou a necessidade de ouvir, e as mulheres são melhores ouvintes.

O clamor pela recuperação do terreno perdido na área da afetividade, resultante da socialização desumana da atividade médica, escancarou a necessidade de um profissional mais afeito ao carinho, à proteção e à generosidade. Admita que é muito difícil contestar ou competir com concorrentes que possuem esses atributos embutidos na composição do DNA.

E você, que se considera um machista irrecuperável, abaixe o tom dos seus resmungos: é bem provável que logo ali adiante você seja cuidado por uma delas!

A distância que nos separa

Existem várias escalas para medir a distância que nos separa dos países desenvolvidos, mas certamente a maneira com que encaramos a doação de órgãos é uma das mais reveladoras.

Se um terço dos casos de morte cerebral, e são milhares por ano, resultassem em doação de órgãos, não teríamos mais lista de espera para transplantes e acabaria a agonia dos que ficam sobressaltados cada vez que toca o telefone, tendo a consciência de que cada dia que passa sem um doador encurta o caminho inexorável para a morte. Desapareceria também a angústia do médico responsável pelos candidatos ao transplante, vendo que o tempo se extingue e sendo mil vezes implorado para que não lhes permita morrer.

E não sentiríamos mais a dor de um pai ainda jovem, pendurado em um tubo de oxigênio, refugiado numa pensão barata, tentando encontrar na foto dos filhos distantes a força para a espera que, ele sabe muito bem, pode ser inútil. E não teríamos que suportar o sofrimento de uma mãe que tentou de todas as formas sensibilizar a comunidade e um dia recebeu o chamado do colégio avisando que sua filha adolescente, que tentava desesperadamente manter uma vida normal, morrera na sala de aula.

Quando nossos governos são pressionados a tomar alguma medida, tudo se restringe a normas e decretos, como se por lei pudéssemos nos tornar mais cidadãos. Ignora-se que a doação de órgãos é, antes de tudo, uma manifestação de consciência social que nasce com a educação, e esta, infelizmente, não se impõe.

Precisamos ensinar às nossas crianças o significado de morte cerebral e de como órgãos condenados a apodrecer podem salvar pessoas iguais aos seus pais e irmãos, e elas intuirão, sem conhecer a lei, que preservar a vida é uma imposição, pelo menos para quem está de bem com ela.

Necessitamos, e muito, sensibilizar os médicos que não trabalham com transplantes e nem conhecem quem precise deles, para que todos os casos de morte cerebral sejam imediatamente notificados à coordenadoria, para que se deflagre o processo de doação. Nós, médicos, compreensivelmente frustrados porque nosso paciente apresentou morte cerebral, precisamos entender que nossa missão transcende a essa perda lamentável e continua no esforço de tentar salvar pessoas que nem conhecemos e que provavelmente nunca terão a oportunidade de nos agradecer.

Precisamos todos de um choque de generosidade, este que é um sentimento indispensável para que a comunidade, por meio da doação, cumpra o seu papel na única forma de tratamento médico que depende da sociedade, para que ela própria seja beneficiada.

E se os nossos legisladores, tão ávidos na proposição de emendas, quiserem ser úteis, que proponham a obrigatoriedade desse tema nas escolas de ensino fundamental e médio. Com isso estaríamos a caminho de produzir cidadãos com a noção da solidariedade, mesmo que isso não esteja escrito em lugar algum.

Porque só seremos uma sociedade realmente civilizada quando tivermos a grandeza de oferecer espontaneamente os órgãos dos nossos mortos queridos simplesmente para poupar famílias desconhecidas da mesma dor que nos mutilou!

Os erros que cometemos

Não há um dia em que não se ouça alguém comentando o quanto este mundo se tornou um lugar perigoso de se viver. Nesse contexto, era mesmo previsível o comportamento arredio e às vezes francamente agressivo em relação aos desconhecidos, vistos todos como malfeitores potenciais, pelo menos até que o convívio imposto por alguma circunstância forçada demonstre que o tipo, mesmo contrariando as expectativas, é um cara legal. Essa atitude defensiva se tornou progressivamente mais frequente, estabelecendo guetos de amigos confiáveis que alimentam a paranoia em relação ao resto do mundo, protegendo-se mutuamente e desconfiando de todos os que estão fora dos muros.

Apesar do isolacionismo apregoado como estratégia de sobrevivência, ainda há os que seguem acreditando nas pessoas e, completamente desarmados de maldade, estão sempre oferecidos ao bem, mesmo que a falta de escudo os deixe potencialmente fragilizados.

Uma antiga patroa pagou a consulta da Osvaldina, que trazia uma carta de apresentação que guardei porque tinha uma frase original: "Cuide dessa mulher que, de tanto lavar roupa, tem a alma mais limpa que conheci". Já gostei dela antes do primeiro sorriso. Sua história era heroica: lavou e passou roupa a vida toda e conseguiu criar quatro filhos homens, mesmo atrapalhada por um marido alcoólatra. Com a blusa levantada, escondeu o rosto, constrangida em exibir um câncer de mama que ulcerou a parede do tórax, uma lesão grotesca que ela manteve escondida até não suportar mais. Como se sentiu repreendida com meu comentário de que podia ter procurado recurso médico mais cedo, ela simplesmente resumiu:

– Aquele caroço não precisava ter aparecido justo na semana em que consegui um emprego, porque com quatro bocas para alimentar eu tinha prioridades.

Ouvi-la falar dos filhos, descritos como prodígios, era comovente, mesmo que aos meus olhos eles parecessem desligados daquela supermãe. Quando o menor deles tinha dezessete ou dezoito anos, começou a debandada: um serviu na Marinha e assumiu a carreira militar, dois seguiram a fábrica de calçados onde trabalhavam quando ela se mudou para o Ceará e o mais velho se perdeu para o crack.

Dez anos depois, curada do tumor, me procurou no hospital com uma dor nas costas... Demorei a reconhecê-la. O sofrimento crônico deixara sulcos que se acentuavam com o esforço de sorrir sem justificativa, Viúva e com filhos dispersos, estava completamente sozinha. Com a crise, perdera o emprego de camareira num grande hotel e, sem o salário, estava inadimplente – dentro de dois meses provavelmente entregaria a casinha que recebera no Minha Casa Minha Vida, mas não queria falar disso agora porque não queria chorar na frente do doutor que lhe ajudara tanto. Quando lhe perguntei se os filhos estavam sabendo desta situação, ela disse:

– A gente não tem se falado porque o telefone tá muito caro, e também porque não quero atrapalhar a vida de quem está começando e tem filhos pequenos. Vou me aguentando com o seguro-desemprego e sigo batalhando por um trabalho novo. Quem sabe eu consigo e até junto um dinheirinho para conhecer meus netinhos cearenses!

Não pareceu acreditar quando lhe convidei para almoçar no restaurante do hospital, e deixou-me sem apetite vê-la devorar o prato do dia com a voracidade de quem pretende liquidar a fome atual e prevenir a do futuro. Poucas coisas mexem comigo tanto quanto o convívio com a fome alheia. Uma hora de conversa e, apesar da infelicidade concentrada, nenhuma queixa, só elogios aos filhos encantadores que lhe tinham dado lembranças tão maravilhosas que, por elas, repetiria tudo outra vez. Os erros que cometemos por amar demais.

Juízo e perdão

A intransigência, que se tornou a marca registrada da civilização contemporânea, talvez tenha existido sempre, apenas não nos dávamos conta porque era muito difícil saber a opinião dos que não faziam parte do nosso restrito círculo de convivência. Com as redes sociais, tudo o que acontece é jogado no mundo dos abutres da razão desnaturada, que têm uma necessidade visceral de opinar, sem qualquer pudor, mesmo que o assunto não lhes diga respeito. Como calar a boca passou a ser interpretado não como um sinal de prudência e recato, mas, sim, de alienação, as pessoas se manifestam. E ainda mais esbravejantes se o tema tiver alguma remota relação com uma opinião pré-formada ou no mínimo com a timidez assumida de um "ouvi dizer". Isso lhe garantirá pelo menos um "curtir".

Se o tema for técnico, seria de se esperar que os acreditados no assunto se manifestassem primeiro para que depois, examinando prós e contras da argumentação, os outros dessem o seu pitaco em cima do exposto. Mas não: a premência de se fazer presente naquele fórum improvisado impõe que exteriorizem o que pensam sobre um assunto no qual nunca pensaram. Como toda a bobagem pode ser sofisticada, o requinte fica por conta de uma tendência moderna de se expressar por analogias, e então se chega à consagração da estultice quando o que foi usado como comparação não passa nem perto do comparado.

Mas o que mais impressiona não é apenas a necessidade de opinar, mas a compulsão e a urgência por julgar. Ninguém se conforma com a função de promotor e se arvora logo à condição de juiz – e com uma intolerância implacável, característica de espíritos humilhados ou reprimidos. Uma sociedade constantemente fraudada e desprotegida explica, por exemplo, o sucesso de histórias que tratem de vingança, atribuível à nossa necessidade de retaliação, mesmo que nunca tenhamos sido agredidos. Uma espécie de vingança preventiva.

Por trás desse comportamento intransigente, está a nossa ausência completa de senso crítico, que nos outorga o direito de julgar os outros com modelos de perfeição que nos condenariam se tivéssemos a isenção de aplicá-los às nossas vidas.

Albert Schweitzer, o grande médico, filósofo e pensador, uma das maiores autoridades mundiais no estudo da ética, Prêmio Nobel da Paz, confessou que só se sentiu em condições de emitir julgamento sobre condutas quando assumiu seus próprios pecados e passou a ensinar que a condição mínima de um juiz é que ele seja capaz de condenar a si mesmo.

Aos setenta anos, mantinha viva a recordação de que, aos três ou quatro anos de idade, depois de sofrer uma picada de abelha numa das mãos, desabara num choro convulsivo que atraiu toda a família para consolá-lo, o que fez com que ele, encantado com o poder que essa cena lhe proporcionara, seguisse chorando por um longo tempo, depois que a dor havia muito já passara. Na sua opinião, a consciência assumida dessa atitude como a sua primeira fraude contribuiu para o aperfeiçoamento de sua capacidade crítica de julgamento, que deve caracterizar as pessoas equilibradas, generosas e puras. Essas criaturas imperfeitas que, por se reconhecerem assim, têm dificuldade de julgar seus semelhantes.

Quando a solidariedade se basta

O Éderson tem uma cara boa e quase fecha os olhos quando sorri. A mão é áspera e aperta com determinação. Mora numa pequena comunidade do interior, e o sotaque inconfundível o identifica com um alemão simpático, meio tosco. Na primeira vez que entrou no consultório, pensei que fosse familiar daquele paciente, um velho muito emagrecido, que mal entendia e não falava português. Participou da consulta fazendo perguntas relativas às questões práticas de internação, aonde se dirigir, melhor horário, essas coisas.

Depois de alguns meses e repetidas visitas, com ele sempre capitaneando uma nova turma, restavam duas alternativas: ou a família do Éderson era realmente muito doente ou ele tinha algum cargo na prefeitura, ou o que fosse, que lhe destinava essa tarefa de escudeiro profissional. Quando quis saber, ele resumiu:

– Ah, doutor, a gente mora numa biboca onde todo mundo se conhece e essa minha gente além de muito burra, ainda fala tão mal a língua *de vocês* que quase ninguém entende. Se não ajudo, eles não têm a quem recorrer.

Com a determinação de descobrir como a coisa funcionava, perguntei o que ele ganhava com isso. Ele fez uma cara de surpresa e disse:

– Às vezes, eles fazem um churrasco pra mim no "salón" da igrejinha. Mas eu nunca peço nada pra mim. Mentira, digo sempre que marquem as consultas para sexta-feira, que é o dia que atrapalha menos meu trabalho na roça!

O encanto da solidariedade era a única remuneração dele, que, mais do que lhe bastar, evidentemente lhe orgulhava.

Muda a cena e os artistas, conserva só o espectador. É segunda-feira de Carnaval, final da manhã, o dia está lindo e a praia, lotada. De repente, uma onda mais forte avança uns metros na areia e traz de roldão seis chinelos de dedo.

Uma senhora loira, cuja esteira tinha sido alcançada, ergueu-se com calma e quase sem tocar na areia lavada pelas ondas carregou a sua elegância impressionante em direção ao mar que recuara depois daquela estocada. Determinada a resgatar só o que era seu, identificou entre os chinelos ondulantes os dois que lhe pertenciam, apanhou-os e retornou serenamente ao seu lugar.

A gratificação de ajudar, provavelmente, foi contraposta à necessidade de falar com desconhecidos pouco interessantes a fim de identificar os donos distraídos das pobres sandálias, que seguiam lá, indefinidas entre serem resgatadas por alguém ou engolidas pelo mar que dava pinta de ter mudado subitamente de humor. No final, claramente optara por cada um cuidar do que é seu.

Parei para observar a sequência. A senhora elegante recuou a esteira para uma zona segura e retomou a leitura. O livro não devia tratar de solidariedade. Esse assunto desperta interesse cada vez menor, soterrado pela avalanche da indiferença que nos rodeia e consome. Estamos conseguindo o prodígio de criar um paradoxo: a solidão mais absoluta num universo cada vez mais povoado.

Melhor que o Éderson siga na sua rotina de solidariedade silenciosa e nem fique sabendo que é um modelo em extinção, capaz de oferecer um dia da semana só para renovar em si o encanto de ajudar.

Nada é para sempre

Queiramos ou não, vivemos comparativamente, e o que de fato somos sempre será relativizado no pareamento com o desempenho dos nossos contemporâneos. Essa análise é inevitável, a começar pelos nossos cônjuges, que não conseguem avaliar nossa felicidade como construção isolada de um indivíduo que deveria ter vindo ao mundo para prioritariamente contentar a si mesmo, antes de ser enquadrado como parte de uma manada, com expectativas e responsabilidades coletivas, planejadas e monótonas.

Como na sociedade contemporânea não há espaço para essas extravagância sem que o ambicioso seja taxado de excêntrico e lunático, acabamos absorvidos pelo turbilhão e, se ninguém mais tem nada a reclamar, sejamos todos bem-vindos ao universo da competição desenfreada e da conquista a qualquer preço neste tempo, ironicamente chamado de moderno, no qual para muitos até a alma é tabelável.

Não havendo como uniformizar comportamentos porque os artistas são intrinsecamente diferentes, temos que nos conformar com reações que não deixam de ser desconfortáveis só porque são previsíveis. Um dos exemplos dessa dificuldade é o manejo da autoestima, que, nunca sendo perfeita, impõe surtos de inferioridade ou de soberba em cada derrota ou vitória, dessas que a vida programa sem consultar os envolvidos.

Como é impossível ser minimamente feliz sob a pressão desses sentimentos inferiores, só alcançaremos a maturidade quando conseguirmos vibrar com o sucesso dos nossos amigos. Antes disso, seremos apenas uns magoados protegidos pelo biombo da dissimulação.

Há um ensinamento clássico que recomenda que identifiquemos os amigos verdadeiros pela solidariedade no sofrimento, uma condição que usualmente espanta os falsos e os efêmeros, e sempre estivemos mais ou menos acordes com isso. Por confiar nessa máxima histórica é que me surpreendi e encantei com Leandro Karnal, que numa conferência chamada "É mais fácil viver com ética" colocou essa questão em termos inteligentes e originais. Segundo ele, o anúncio de uma doença ou desgraça desperta na maioria das pessoas o sentimento da comiseração que pode ser confundido com gentileza e amizade. Sendo assim, se quisermos saber com quem de fato estamos lidando, temos que fazer a triagem a partir da abordagem oposta: "Gente, que fase maravilhosa, nunca estive tão feliz, nem jamais me senti tão amado. Além disso, é impressionante como tenho sido convidado para falar em todos os lugares e, outra maravilha, nunca ganhei tanto dinheiro na minha vida".

Segundo o autor da proposta, essa frase vai dividir seus interlocutores em dois grupos distintos: o de amigos verdadeiros, infelizmente poucos, que, de olhos marejados, irão festejar a felicidade do amigo, e o enorme bando do sorriso amarelo, que mal conseguirá disfarçar a vontade incontrolável de alertar premonitoriamente: "Cuidado porque esta fase, um dia, termina!".

Nunca tinha pensado em selecionar os convivas por esse prisma, que até pode ser acusado de agressivo, mas ninguém negará que é inteligente. Por via das dúvidas, melhor prestar atenção em cada momento, já que nada dura para sempre.

Saudade de não ter medo

Uma das maiores vantagens do magistério é manter uma parceria constante com o tempo presente, no jeito de pensar e de sentir. A proximidade com a juventude mantém conectados os sensores da contemporaneidade e não permite que fiquemos demasiado nostálgicos. Há alguns anos, pressionado pelo comportamento de colegas saudosistas, me prometi que pararia se eventualmente sentisse vontade insistente de me referir ao tempo ido como *o meu tempo*, porque nunca aceitei a ideia de me dissociar do tempo presente e trotar disfarçado de estar vivo. Não enquanto pudesse seguir fazendo escolhas.

Tudo bem, não podemos parar a roda implacável da vida, mas não dá para ignorar que, apesar das evidentes conquistas da modernidade, subtraíram-nos outras tantas que se pudéssemos, como lamentou Fernando Pessoa, ter trazido o passado guardado no bolso da algibeira, seria uma maravilha. Muitas dessas perdas se dissiparam na distância que esmaga a memória e constrói o esquecimento. Como a lembrança arquivada pode ser falsa, a única maneira segura de acompanharmos a mudança é ter uma referência factual que permita comparações.

Se tivesse que elencar, a primeira perda seria a falta do medo, que é para quem viveu em outra era a maior mutiladora da nossa atualmente tão comprometida qualidade de vida.

Assistindo à instalação de câmeras que reforçarão a segurança já garantida por muros altos, cercas elétricas e cães de guarda, foi inevitável lembrar da época em que esses cuidados não faziam o menor sentido. Não tínhamos medo de nada e, por não ter, nem podíamos valorizar o que hoje consideramos tão importante.

Completado o curso ginasial em Vacaria, tinha chegado a hora de desbravar o mundo, começando pela prova de suficiência pra o Colégio Rosário, em Porto Alegre. A expedição pioneira colocou dois adolescentes num ônibus que entrou na cidade pela Farrapos, inesquecível por ter sido a primeira avenida engarrafada das nossas vidas. Era um fim de tarde, encontramos um hotel a duas quadras da Rodoviária e nos instalamos. A diária era de 650,00, mas não tenho a menor ideia de qual era a moeda da ocasião.

No dia seguinte, meu parceiro de aventura, de uma família mais pobre, comentou que a diária estava muito cara e que a duas quadras dali havia um hotelzinho simpático por apenas 180,00 daquela tal moeda. Bagagem a tiracolo, lá fomos nós para as três noites, pagas adiantado, enquanto ocupávamos os dias em provas de avaliação no colégio. Na minha inocência de adolescente interiorano, demorei anos para entender por que as pessoas gemiam tanto naquele hotel. Atualmente, é temerário passar naquela quadra ao meio-dia, mas há cinquenta anos fomos hóspedes frajolas de um prostíbulo, e não sofremos qualquer ameaça.

    Vendo retrospectivamente, para que aquela estadia fosse perfeita bastaria que já soubéssemos naquela época que se podia gemer por outras razões que não fosse dor.

Um tipo esquisito

É impressionante o efeito manada sobre o comportamento de pessoas consideradas normais. Em grupo, somos capazes de atrocidades que não cometeríamos individualmente. Essas atitudes desrespeitosas são frequentemente consideradas divertidas na infância, ignorando-se que, se não forem coibidas pela educação, estarão sendo forjados os sociopatas do futuro.

Operei, em Maceió, um garoto de sorriso triste que aos dez anos de idade fora retirado da escola pela mãe, temerosa das consequências das inúmeras vezes com que seus inocentes coleguinhas cutucavam o coração do menino, pulsátil no meio do peito, recoberto apenas pela pele, na ausência congênita de fechamento do esterno.

Se a maldade espontânea ainda puder ser blindada pelo anonimato das redes sociais, então todos os limites serão ultrapassados. Vide o desespero dessa mãe australiana que, acostumada com a aparência do filho, postou uma imagem dele com a cara lambuzada de chocolate. O menino é portador da síndrome de Pfeiffer, em que há uma consolidação precoce dos ossos do crânio, deformando o rosto e afastando os olhos. O mais cruel dos comentários comparou o pobre menino a um cãozinho da raça pug. Quando a mãe recorreu à Justiça e ouviu que os responsáveis pelas redes sociais não tinham cometido arbitrariedade alguma, a vilania foi liberada.

Um dia desses, encontrei o Rudimar, e bastou ele se apresentar para que eu lembrasse da circunstância constrangedora em que nos conhecemos, décadas atrás, num curso de extensão de inglês. Como em todas as épocas, havia uma tendência de que anualmente alguém fosse "escolhido" para ser a vítima da turma. Não lembro por qual critério, naquele ano tinha sido ele. Lembro-me do coro com que o recebíamos na sala de aula: "Rudi, Rudi, *freak, freak!*". Tudo bem, ele era meio estranho com aquelas meias brancas e a calça curta o suficiente para mostrá-las, mas "*freak, freak*"?

Quando ele se identificou e disse o quanto estava feliz de me encontrar e do orgulho que sentia ao dizer que me conhecia, mais eu me mortificava pelo bullying ridículo que lhe impusemos naqueles tempos remotos. Convidou-me para um café na sobreloja do supermercado porque queria me contar uma história e por ela me agradecer. Ao vê-lo orgulhoso da sua vida de avô amoroso e empresário bem-sucedido, fui ficando aliviado ao descobrir que no máximo ele devia lembrar daquela turma de falsos malandros como um bando de idiotas, e era bem assim que eu me sentia. Queria me contar que cuidara do pai diuturnamente durante os últimos três anos de sua vida e, nessa tarefa, uma crônica que escrevi sobre o efeito carinhoso e relaxante da massagem o ajudara muito.

Um dia, enquanto ele lhe friccionava os cotovelos enrijecidos, o velho disse:

– Tomara que teus filhos prestem atenção ao jeito que cuidas de mim, porque o mundo é redondo!

Ele então improvisou:

– Pai, vire de bruços para que eu possa massagear-lhe as costas.

Foi a maneira que encontrou para ocultar o choro que não conseguia mais conter e não queria que o velhinho interpretasse como uma despedida.

– Passados três anos, ainda sinto vontade de chorar quando lembro da lambança silenciosa que foi a mistura de lágrimas com creme Nívea!

Feito o agradecimento, ele seguiu empurrando o carrinho de compras em direção ao estacionamento. A turma dos babacas tinha acertado o diagnóstico: que tipo esquisito!

Sobre o autor

José J. Camargo, ou simplesmente J.J. Camargo, é um médico gaúcho, formado pela Universidade Federal do Rio Grande do Sul (UFRGS), em 1970, com especialização em cirurgia torácica na Clínica Mayo, nos Estados Unidos

É professor de cirurgia torácica na Universidade Federal de Ciências da Saúde de Porto Alegre (UFCSPA). Dirige a cirurgia no Pavilhão Pereira Filho, um conceituado centro de oncologia torácica no Brasil.

Foi pioneiro em transplante de pulmão na América Latina, em 1989, e é responsável por mais da metade de todos os transplantes de pulmão feitos até hoje no Brasil. Em 1999, fez o primeiro transplante de pulmão com doadores vivos fora dos Estados Unidos.

Idealizou e hoje dirige o Centro de Transplantes de Órgãos da Santa Casa de Porto Alegre (RS). Coordena um programa de residência em cirurgia torácica que já formou 96 cirurgiões da especialidade, distribuídos em dezenove Estados brasileiros e em seis países sul-americanos, além de Estados Unidos e Canadá. Tem quatro livros publicados na especialidade e centenas de trabalhos científicos publicados no Brasil e no Exterior.

É membro titular da Academia Nacional de Medicina e, desde 2011, cronista semanal do jornal *Zero Hora*, de Porto Alegre.

Publicou três livros de crônicas: *Não pensem por mim* (AGE, 2008), *A tristeza pode esperar* (L&PM, 2013) e *Do que você precisa para ser feliz?* (L&PM, 2015).

Vencedor do Prêmio AGES 2014, na categoria crônica, e do Prêmio Açorianos 2014 de livro de crônicas do ano.